Guy de Maupassant

DR. GLOSS

UND DIE SEELENWANDERUNG

Guy de Maupassant

DR. GLOSS
UND DIE SEELENWANDERUNG

Erzählungen

Herausgegeben und aus dem
Französischen übersetzt von Melanie Walz

C.H.Beck textura

Die Reihe textura wurde vom Verlag Langewiesche-Brandt
(Ebenhausen bei München) gegründet und wird seit dem
Jahr 2010 vom Verlag C.H.Beck fortgeführt.

© Verlag C.H.Beck oHG, München 2012
Druck und Bindung: Pustet, Regensburg
Gedruckt auf säurefreiem, alterungsbeständigem Papier
(hergestellt aus chlorfrei gebleichtem Zellstoff)
Printed in Germany
ISBN 978 3 406 63959 3

www.beck.de

INHALT

DOKTOR GLOSS UND
DIE SEELENWANDERUNG

I   Wie Doktor Héraclius Gloss
geistig beschaffen war.

Doktor Héraclius Gloss war ein sehr gelehrter Mann. Obwohl nicht einmal die bescheidenste Schrift aus seiner Feder bei einem der Buchhändler der Stadt erschienen war, galt Dr. Héraclius in den Augen aller Bewohner der gebildeten Stadt Balançon als ausgemachter Gelehrter.

Was für ein Doktor er war und auf welchem Gebiet? Das hätte niemand zu sagen gewusst. Man wusste nur, dass schon sein Vater und sein Großvater von ihren Mitbürgern Doktor genannt worden waren. Er hatte ihren Titel zusammen mit ihrem Namen und ihrem Besitz geerbt; in seiner Familie war man Doktor aus Tradition, wie man aus Tradition Héraclius Gloss hieß.

Und auch wenn er keine Urkunde vorweisen konnte – von allen Mitgliedern irgendeiner illustren Fakultät gezeichnet und gegengezeichnet –, war Doktor Héraclius trotz alledem ein höchst würdiger und höchst gelehrter Mann. Man musste nur die vierzig Regalbretter voller Bücher gesehen haben, welche die vier Wände seiner großen Studierstube bedeckten, um zu der festen Überzeugung zu gelangen, dass noch nie ein gebildeterer Doktor die Stadt mit seiner Gegenwart beehrt hatte. Und jedes Mal, wenn vor dem Herrn Dekan oder dem Herrn Rektor die Rede von ihm war, sah man die beiden stets ein rätselhaftes Lächeln aufsetzen. Es wird sogar kolportiert, der Herr Rektor habe einmal vor Seiner Eminenz dem Erzbischof eine lange Lobrede in lateinischer Sprache auf Doktor Gloss gehalten; der Zeuge, der dies berichtet hat, zitierte als unwiderlegbaren Beweis die folgenden Worte, die er gehört hatte:

Parturiunt montes, nascitur ridiculus mus.

Zudem speisten der Herr Dekan und der Herr Rektor jeden Sonntag bei ihm; und folglich hätte niemand zu bezweifeln gewagt, dass Doktor Héraclius Gloss ein wahrhaft gelehrter Mann war.

II   *Wie Doktor Héraclius Gloss*
      körperlich beschaffen war.

Wenn zutreffen sollte, was gewisse Philosophen behaupten, dass nämlich vollkommene Übereinstimmung zwischen der geistigen und der körperlichen Beschaffenheit eines Menschen bestehe und dass man den Gesichtszügen eines Menschen dessen Charaktereigenschaften ablesen könne, dann wäre Doktor Héraclius Gloss alles andere als ein Gegenbeispiel dieser Theorie gewesen. Er war klein, lebhaft und energisch. Ihm eignete etwas von der Ratte, vom Marder und vom Dachshund – anders gesagt, er gehörte zur Familie der Suchenden, der Nagenden, der Jagenden und der Unermüdlichen. Bei seinem Anblick fiel es schwer zu glauben, dass all die Lehren, die er studiert hatte, in diesem kleinen Kopf Platz finden konnten, und man stellte sich statt dessen vor, dass er selbst in die Wissenschaften eindrang und, sie beknabbernd, in ihnen lebte wie eine Ratte in einem dicken Buch. Besonders eigentümlich an ihm war die außerordentliche Schmächtigkeit seines Körpers; sein Freund, der Dekan, behauptete – möglicherweise zu Unrecht –, er sei über mehrere Jahrhunderte hinweg zwischen den Seiten eines Folianten vergessen worden, zusammen mit einer Rose und einem Veilchen, denn er war immer sehr schmuck und sehr parfümiert. Seine Gesichtszüge waren so spitz und scharf, dass die Bügel seiner goldgefassten Brille, die ganz übermäßig von seinen Schläfen abstanden, wie eine Rahe am Mast eines Schiffs aussahen. «Wäre er nicht der gelehrte Doktor Héraclius Gloss geworden», sagte bisweilen der Rektor der Universität von Balançon, «dann hätte er zweifellos ein ausgezeichnetes Federmesser abgegeben.»

Der Doktor trug eine gepuderte Perücke, kleidete sich adrett, war nie krank, liebte die Tiere, war den Menschen nicht abgeneigt und liebte inbrünstig Wachteln am Spieß.

Kaum hatte der Doktor das Bett verlassen, sich eingeseift, rasiert und mit einem kleinen Butterbrot gestärkt, das er in eine Tasse mit Vanille parfümierter Schokolade tunkte, ging er in seinen Garten. Ein kleiner Garten wie alle Stadtgärten, doch angenehm, schattig, blumig, ruhig – bedächtig, würde ich sagen, wenn ich es wagte. Wenn man sich einfach vorzustellen versuchte, wie der ideale Garten eines Philosophen auf der Suche nach der Wahrheit aussehen könnte, dann hätte man eine recht genaue Entsprechung zu dem Garten, den Doktor Héraclius Gloss schnellen Schritts drei- oder viermal durchmaß, bevor er sich den täglichen Wachteln am Spieß seines zweiten Frühstücks widmete. Diese kleine Ertüchtigung, sagte er, sei hervorragend nach dem Aufstehen; sie rege den Blutkreislauf an, den der Schlaf gedämpft habe, sie vertreibe die Grillen aus dem Gehirn und bereite die Verdauungsorgane auf ihre Tätigkeit vor.

Danach speiste der Doktor zu Mittag. Sobald er seinen Kaffee getrunken hatte – und er leerte die Tasse auf einen Zug, denn ihm widerstrebte der Schlaf, in dem die Verdauung fortgesetzt wird, die bei Tisch begonnen hat –, warf er sich seinen großen Gehrock über und verließ das Haus. Und nachdem er an der Universität vorbeigegangen war und die Uhrzeit auf seiner Louis-Quinze-Zwiebel mit der des hochmütigen Zifferblatts der Universitätsuhr verglichen hatte, verschwand er in der Ruelle des Vieux-Pigeons und kehrte erst zurück, wenn es Zeit für die Abendmahlzeit war.

Was trieb Doktor Héraclius Gloss in der Ruelle des Vieux-Pigeons? Was er dort trieb, du lieber Himmmel! ... Er suchte nach dem Stein der Weisen – und zwar folgendermaßen.

Dieses dunkle und schmutzige Gässchen war der Treffpunkt aller Büchertrödler von Balançon. Es hätte Jahre erfordert, allein die Titel all der unverhofften Werke zu lesen, die sich vom Keller bis zum Speicher der fünfzig Buden stapelten, aus denen die Ruelle des Vieux-Pigeons bestand.

Doktor Héraclius Gloss betrachtete Gasse, Häuser, Buchtrödler und Bücher als seinen ganz persönlichen Besitz.

Oft genug war es vorgekommen, dass dieser oder jener Trödler Geräusche auf seinem Speicher gehört hatte, als er sich zu Bett begeben wollte, leise die Treppe hochgeschlichen war, mit einem riesigen Schwert von Anno dazumal bewaffnet, und ... Dr. Héraclius Gloss vorgefunden hatte, der bis zur Hüfte in einem Berg aus Büchern stand, in einer Hand einen Kerzenrest hielt, der ihm zwischen den Fingern zerschmolz, und mit der anderen in einem uralten Manuskript blätterte, aus dem er sich vielleicht die Wahrheit erhoffte. Und es überraschte unseren guten Doktor nicht wenig, wenn er erfahren musste, dass die Glocke im Glockenturm seit langem die neunte Stunde geschlagen hatte und dass er ein abscheuliches Nachtmahl verzehren würde.

Denn unser Doktor Héraclius nahm es ernst mit der Wahrheitssuche! Alle philosophischen Richtungen der Antike wie der Neuzeit kannte er auswendig; er hatte die indischen Sekten ebenso erforscht wie die Religionen der afrikanischen Neger; kein noch so kleiner Volksstamm unter den Barbaren des Nordens und den Wilden des Südens, dessen Glauben er nicht ergründet hätte! Doch ach! Doch ach! Je länger er forschte, suchte, nachspürte, nachdachte, umso weniger Gewissheit gewann er. «Lieber Freund», sagte er eines Abends zu dem Herrn Rektor, «um wie viel glücklicher als unsereins ist doch ein Kolumbus, der sich auf der Suche nach einem neuen Kontinent auf die Meere wagt; er muss nur stetig geradeaus fahren. Die Schwierigkeiten, die ihm Einhalt gebieten können, sind lediglich materieller Natur, und mit etwas Kühnheit lassen sie sich überwinden; unsereins hingegen, der wir dem Ozean der Ungewissheiten steter Spielball sind, werden von einer Hypothese unversehens mitgerissen wie ein Schiff vom Nordwind, begegnen der entgegengesetzten Lehrmeinung wie einem Gegenwind und werden von ihr unerbittlich in den Hafen zurückgeführt, den wir verlassen hatten.»

Als er eines Abends mit dem Herrn Dekan philosophierte, sagte er zu ihm: «Wie recht wir doch haben, mein Freund, wenn wir sagen, die Wahrheit hause in einem Brunnen … Einer nach dem anderen werden Eimer hinabgelassen, um sie zu schöpfen, und bringen doch nichts als klares Wasser hoch und nicht etwa», fügte er listig hinzu, «den Wein der Erkenntnis.»

Das war das einzige Wortspiel, das man je aus seinem Mund vernehmen sollte.

*Womit Doktor Héraclius die zwölf Stunden
      der Nacht zubrachte.*

Wenn unser Doktor Héraclius sich des Abends nach Hause begab, war er in der Regel wesentlich fülliger als beim Verlassen
seines Hauses. Dies lag daran, dass jede seiner Taschen, deren er
achtzehn besaß, mit alten philosophischen Schriften gefüllt war,
die er in der Ruelle des Vieux-Pigeons erstanden hatte; und der
stets zu einem Scherz aufgelegte Herr Rektor sagte gern, wenn
ein Chemiker den Doktor in diesem Augenblick analysierte,
müsste er feststellen, dass die Beschaffenheit des Doktors sich
zu zwei Dritteln aus altem Papier zusammensetzte.

Um sieben Uhr begab Héraclius Gloss sich zu Tisch, und
während er aß, las er in den alten Büchern, die er erworben hatte.

Um halb neun erhob der Doktor sich gebieterisch, und nun
war er nicht mehr der flinke und muntere Bursche, der er den
ganzen Tag über gewesen war, sondern der grüblerische Denker,
dessen Stirn sich unter dem Gewicht großer Gedanken krümmt
wie ein Lastträger unter einer allzu schweren Bürde. Nachdem
er seiner Haushälterin würdevoll verkündet hatte: «Ich bin für
niemanden zu sprechen», entschwand er in seine Studierstube.
Sobald er sie betreten hatte, setzte er sich an seinen Arbeitstisch,
auf dem die Bücher sich türmten, und … dachte nach. Welch
befremdliches Schauspiel, hätte man zu jenem Zeitpunkt die Gedanken des Doktors lesen können!!! … Eine ungeheuerliche Ab-
folge widersprüchlichster Gottheiten und miteinander völlig
unvereinbarer Überzeugungen, ein absonderliches Überkreuzen

von Lehrmeinungen und Theorien – wie eine Arena, in der die Kämpfer aller philosophischen Richtungen in einem gewaltigen Wettkampf aufeinandertrafen. Er amalgamierte, kombinierte, mischte den alten Spiritualismus des Orients mit dem deutschen Materialismus, die Morallehre der Apostel mit jener des Epikur. Er versuchte sich am Kreuzen von Lehrmeinungen, wie man in einem Labor chemische Verbindungen ausprobiert, ohne dass es ihm jemals gelungen wäre, die ersehnte Wahrheit perlend zur Oberfläche aufsteigen zu sehen – und sein Freund, der Rektor, behauptete beharrlich, diese unablässig ersehnte philosophische Wahrheit habe mit einem Stein der Weisen weit weniger gemein als mit einem … Stein des Anstoßes.

Um Mitternacht begab der Doktor sich zu Bett – und die Träume seines Schlafs waren die gleichen wie die seiner wachen Stunden.

V   *Wie der Herr Dekan all sein Vertrauen in den Eklektizismus setzte, der Doktor all sein Vertrauen in die Offenbarung und der Herr Rektor all sein Vertrauen in die Verdauung.*

Eines Abends, als der Herr Dekan, der Herr Rektor und unser Doktor in seiner großen Studierstube saßen, führten sie ein überaus interessantes Gespräch.

«Lieber Freund», sagte der Dekan, «man muss Eklektiker und Epikureer sein. Wählen Sie das Gute, verwerfen Sie das Schlechte. Die Philosophie ist ein großer Garten, der sich über den ganzen Erdball erstreckt. Pflücken Sie die prunkenden Blumen des Orients, die blassen Blüten des Nordens, die Veilchen der Felder und die Rosen der Gärten, binden Sie sie zu einem Strauß und riechen Sie daran. Selbst wenn sein Duft nicht herrlicher wäre, als man sich zu erträumen vermöchte, wäre er doch ausnehmend köstlich und tausendmal lieblicher als der einer einzigen Blume, so wohlriechend diese auch sein mag.»

«Abwechslungsreicher gewiss», erwiderte der Doktor, «aber keineswegs lieblicher, wenn es Ihnen gelänge, die Blume zu finden, die in sich die Düfte aller anderen vereinigt und konzentriert. Denn Sie können nicht verhindern, dass einzelne Düfte in Ihrem Strauß nicht miteinander harmonieren oder in philosophischer Hinsicht einzelne Überzeugungen einander widersprechen. Die Wahrheit ist eins, und mit Ihrem Eklektizismus werden Sie nie mehr erhalten als eine Wahrheit der Teile und Bruchstücke. Auch ich war einst Eklektiker, doch nun hänge ich der Ausschließlichkeit an. Was ich erstrebe, ist nicht eine ungefähre Annäherung, sondern die unumschränkte Wahrheit. Jeder intelligente Mensch hat eine unbestimmte Ahnung von ihr, das ist meine Überzeugung, und an dem Tag, an dem er sie auf der Straße findet, wird er rufen: ‹Da ist sie!› Ebenso verhält es sich mit der Schönheit; ich zum Beispiel habe bis zum fünfundzwanzigsten Lebensjahr nicht geliebt; hübsche Frauen hatte ich gesehen, aber sie ließen mich kalt – um das ideale Geschöpf zu bilden, das ich mir erträumte, hätte es eines Bestandteils von jeder von ihnen erfordert, und das Ergebnis wäre nichts anderes gewesen als der Blumenstrauß, den Sie erwähnten, denn auf diesem Weg hätte man die ideale Schönheit nicht erreichen können, da sie unzersetzbar ist wie Gold oder wie die Wahrheit. Doch eines Tages bin ich dieser Frau begegnet, ich erkannte, dass sie es war – und ich habe sie geliebt.»

Der Doktor schwieg ergriffen, und der Herr Rektor lächelte leise, den Blick zum Herrn Dekan gerichtet. Nach einer Weile fuhr Héraclius Gloss fort: «In die Offenbarung müssen wir all unser Vertrauen setzen. Die Offenbarung hat den Apostel Paulus auf dem Weg nach Damaskus erleuchtet und hat ihm den Weg zum christlichen Glauben gewiesen ...»

«... einen Irrweg», unterbrach ihn der Rektor lachend, «da Sie nicht gläubig sind – und folglich ist auf die Offenbarung nicht mehr Verlass als auf den Eklektizismus.»

«Verzeihen Sie, lieber Freund», erwiderte der Doktor, «Paulus war kein Philosoph, seine Offenbarung war nur sehr ungefährer Natur. Die unumschränkte Wahrheit, die abstrakt ist, hätte sein Geist nicht fassen können. Doch seit jenen Tagen hat die Philosophie sich entwickelt, und an dem Tag, an dem ein zufälliger Umstand, ein Buch, vielleicht ein Wort, sie einem Mann enthüllt, der klar genug sieht, um sie zu erkennen, wird sie auf der Stelle erstrahlen, und aller Aberglaube wird vor ihr schwinden wie der Schein der Sterne beim Aufgang der Sonne.»

«Amen», sagte der Rektor, «doch am nächsten Tag wird es einen zweiten Erleuchteten geben und am abernächsten Tag einen dritten, und sie werden sich gegenseitig ihre Offenbarungen an den Kopf werfen – glücklicherweise keine allzu gefährlichen Waffen.»

«Aber glauben Sie denn an gar nichts?», rief der Doktor, der allmählich in Zorn geriet.

«Ich glaube an die Verdauung», erwiderte der Rektor mit ernster Miene. «Ich schlucke alle Überzeugungen ohne Unterschied, alle Dogmen, alle Morallehren, jeglichen Aberglauben, jegliche Hypothese, jegliche Illusion, so wie ich bei einer guten

Mahlzeit mit gleichem Genuss Suppe, Vorspeise, Braten, Gemüse, Zwischengericht und Nachspeise verzehre, woraufhin ich mich in bester philosophischer Manier in meinem Bett ausstrecke in der Gewissheit, dass meine ungestörte Verdauung mir eine angenehme Nachtruhe und Wohlergehen und Gesundheit für den nächsten Tag bescheren wird.»

«Wenn ich Ihnen raten darf», mischte sich der Dekan ins Gespräch, «wollen wir den Vergleich nicht weiter treiben.»

Als sie eine Stunde später das Haus des gelehrten Héraclius verließen, brach der Rektor unversehens in Gelächter aus und sagte: «Der arme Doktor! Wenn die Wahrheit ihm wie eine geliebte Frau erscheint, dann wird es auf Erden keinen zweiten gegeben haben, der so an der Nase herumgeführt wurde wie er.» Und ein Bezechter, der mühsam nach Hause torkelte, fiel vor Entsetzen hin, als er das laute Lachen des Dekans vernahm, dessen tiefer Bass das schrille Falsett des Rektors begleitete.

VI   *Wie es kam, dass sich die Ruelle des Vieux-Pigeons als des Doktors Weg nach Damaskus erwies, und wie die Wahrheit ihn in Gestalt eines Manuskripts über die Seelenwanderung erleuchtete.*

Am 17. März im Jahre des Herrn siebzehnhundert*** erwachte der Doktor in einem Zustand fiebriger Erregung. Nachts war ihm im Traum wiederholt ein großer weißer Mann in antikischer Kleidung erschienen, der ihn mit dem Finger an der Stirn berührte und dabei unverständliche Worte sprach, und dieser Traum war dem Gelehrten als höchst bedeutsame Ankündigung erschienen. Und was kündigte er an? ... Das hätte der Doktor nicht recht zu sagen gewusst, aber dennoch erwartete er etwas.

Nach dem Frühstück begab er sich wie gewohnt in die Ruelle des Vieux-Pigeons und betrat Schlag zwölf die Nummer 31, den Laden des Nicolas Bricolet, Kleiderhändler, Händler mit alten Möbeln, Buchtrödler und Schuster für alte Schuhe, anders gesagt: Flickschuster, wenn er sonst nichts zu tun hatte. Wie unter Wirkung einer Inspiration stieg der Doktor unverzüglich zum Speicher hinauf, legte die Hand auf das dritte Regalfach eines Louis-XIII-Schranks und entnahm diesem ein umfangreiches Manuskript auf Pergament mit der Aufschrift:

Meine achtzehn Seelenwanderungen

Geschichte meines Lebens seit dem Jahr 184

der sogenannten christlichen Zeitrechnung

Auf diesen eigenartigen Titel folgte unmittelbar nachstehende Einleitung, die Héraclius Gloss unverzüglich entzifferte:

«Dieses Manuskript, welches den wahrheitsgetreuen Bericht meiner Seelenwanderungen enthält, begann ich in der Stadt Rom im Jahre CLXXXIV christlicher Zeitrechnung zu verfassen, wie oben angegeben.

Ich unterzeichne diese Erklärung, deren Zweck es ist, die Menschen über die verschiedenartigen Formen der Wiederkehr der Seelen aufzuklären, am heutigen Tag, dem 16. April 1748, in der Stadt Balançon, in die es mich im Verlauf der Wechselfälle meines Geschicks verschlagen hat.

Jedem aufgeklärten und mit philosophischen Fragen vertrauten Geist wird ein Blick auf diese Seiten genügen, um sogleich umfassendster Erleuchtung teilhaftig zu werden.

Zu diesem Behufe will ich in wenigen Zeilen die wesentlichen Teile meiner Geschichte zusammenfassen, die man weiter unten in aller Ausführlichkeit lesen kann, vorausgesetzt, man ist des Lateinischen, des Griechischen, des Deutschen, des Italienischen, des Spanischen oder des Französischen kundig; denn zu den verschiedenen Zeiten meines Wiedererscheinens habe ich unter verschiedenen Völkern gelebt. Danach will ich erklären, welche Verkettung von Gedanken, welche psychologischen Kunstgriffe und welche mnemotechnischen Mittel mich unfehlbar zu Schlussfolgerungen führten, die auf die Seelenwanderung hinauslaufen.

Im Jahre 184 lebte ich in Rom und war Philosoph. Als ich eines Tages auf der Via Appia lustwandelte, kam mir der Gedanke, dass es sich mit Pythagoras verhalten haben könne wie mit der schwachen Morgendämmerung eines kommenden Tages. Von diesem Augenblick an hatte ich nur noch einen Wunsch, nur noch ein Ziel, nur noch einen Gedanken, der mich unablässig beschäftigte: mich meiner Vergangenheit zu entsinnen. Doch ach!, fruchtlos war all mein Bestreben, denn ich konnte mich auf keine vormalige Existenz besinnen.

Eines Tages jedoch erblickte ich zufällig am Sockel einer Jupiterstatue in meinem Atrium einige Schriftzeichen, die ich in meiner Jugend eingeritzt hatte und die mir plötzlich ein Ereignis in Erinnerung riefen, das ich seit langem vergessen hatte. Es war wie ein Lichtstrahl; und ich begriff, dass es nicht nur weniger Jahre, manchmal sogar nur einer Nacht bedarf, um eine Erinnerung zu tilgen, sondern dass alles, was in vorherigen Lebensformen geleistet wurde und vom großen Schlummer der dazwischenliegenden animalischen Lebensformen überdeckt wurde, erst recht unserem Gedächtnis entfallen muss.

Daraufhin ritzte ich meine Geschichte auf Steintafeln ein in der Hoffnung, dass das Schicksal sie mir eines Tages wieder vor Augen führen würde und sie dann wie die Inschrift an dem Sockel meiner Statue wäre.

Was ich mir erhofft hatte, wurde wahr. Ein Jahrhundert darauf war ich Architekt, und man beauftragte mich mit dem Abriss eines alten Hauses, an dessen Stelle ein Palast errichtet werden sollte.

Eines Tages brachten mir meine Bauarbeiter einen zerbrochenen Stein, mit Schriftzeichen bedeckt, den sie beim Graben für die Fundamente gefunden hatten. Ich begann ihn zu entziffern – und als ich die Lebensgeschichte dessen las, der die Inschrift verfasst hatte, kam es mir augenblicklich zu Bewusstsein wie das schnelle Aufblitzen einer vergessenen Vergangenheit. Nach und nach erwachte eine Seele, ich verstand, ich erinnerte mich. Diesen Stein hatte ich mit seiner Inschrift versehen!

Doch was hatte ich in der Zwischenzeit eines Jahrhunderts getan? Wer war ich gewesen? In welcher Gestalt hatte ich gelitten? Das war nicht zu erfahren.

Eines Tages jedoch wurde mir ein Hinweis zuteil, so schwach und undeutlich allerdings, dass ich ihn kaum zu erwähnen wage. Ein alter Mann aus meiner Nachbarschaft erzählte mir, fünfzig Jahre zuvor (genau neun Monate vor meiner Geburt) sei in Rom über etwas, was dem Senator Antonius Cornelius Lipa widerfahren war, viel gelacht worden. Die Ehefrau des Senators, die sehr hübsch und recht verderbt gewesen sein soll, hatte von einem phönizischen Händler einen großen Affen gekauft, den sie sehr liebte. Senator Cornelius Lipa wurde eifersüchtig auf die Zuneigung, die sein Gespons diesem Vierhänder entgegenbrachte, und schlug ihn tot. Als ich diese Geschichte vernahm, wurde mir undeutlich gewahr, dass ich dieser Affe war, dass ich in dieser Gestalt lange gelitten hatte wie in der Erinnerung an eine Erniedrigung. Doch Klareres und Genaueres konnte mein Gedächtnis nicht zutage fördern. Dennoch gelangte ich zu dieser Hypothese, die letzten Endes nicht unwahrscheinlich ist.

Die tierische Gestalt ist eine Buße, die der Seele für Verfehlungen auferlegt wird, die sie in menschlicher Gestalt begangen hat. Die Erinnerung an höhere Daseinsformen ist dem Tier verliehen, um es mit dem Wissen um seine Erniedrigung zu bestrafen.

Nur die Seele, die durch das Leiden geläutert wurde, kann wieder menschliche Gestalt annehmen; dann verliert sie die Erinnerung an die Stadien tierischen Daseins, die sie durchlaufen hat, denn sie ist erneuert, und dieses Wissen wäre Quell unverdienten Leids. Folglich ist der Mensch gehalten, die Tiere zu beschützen und zu achten, wie man einen Schuldigen achtet, der Buße leistet, und andere dazu anzuhalten, ihn ebenfalls zu beschützen, wenn er in dieser Gestalt erscheint. Was in etwa auf die christlichen Worte herauskommt, die da lauten: ‹Was du nicht willst, das man dir tu, das füg auch keinem anderen zu.›

Der Bericht meiner Seelenwanderungen wird zeigen, wie mir vergönnt war, in jeder meiner Daseinsformen meiner Erinnerungen habhaft zu werden; wie ich meine Geschichte weitere Male auf bronzene Tafeln einritzte und danach auf ägyptischen

Papyrus schrieb und zuletzt und sehr viel später auf das deutsche Pergament, dessen ich mich heute noch bediene.

Es bleibt mir nur noch, die philosophische Schlussfolgerung aus dieser Doktrin zu ziehen.

Keine philosophische Schule hat die unlösbare Frage des Schicksals der Seele zu klären vermocht. Die Lehre der christlichen Kirche, die heute die Vorherrschaft innehat, besagt, Gott werde die Gerechten in einem Paradies versammeln und die Verworfenen in eine Hölle verstoßen, in der sie mit dem Teufel brennen.

Doch der gesunde Menschenverstand unserer Tage glaubt nicht mehr an einen lieben Gott mit dem Aussehen eines Patriarchen, der unter seinen Flügeln die Seelen der Erwählten birgt wie eine Henne ihre Küken; und zudem widerspricht die Vernunft den christlichen Glaubenssätzen.

Denn Paradies und Hölle können sich nirgendwo befinden:

Das unendliche All ist von Welten wie unserer erfüllt.

Wenn man nun die Generationen, die einander seit Anbeginn unserer Welt gefolgt sind, mit denen multipliziert, die sich auf den zahllosen Welten ausgebreitet haben, die wie die unsere bevölkert sind, gelangte man zu einer so übernatürlichen und unvorstellbaren Anzahl von Seelen, die zur Unendlichkeit tendierten, dass selbst Gott dabei unweigerlich seinen göttlich gefestigten Verstand verlieren müsste und es dem Teufel nicht viel anders erginge, was ein unerquickliches Tohuwabohu zur Folge hätte.

Und wenn man bedenkt, dass die Seelen der Gerechten unendlich an der Zahl sind, wie auch die der Verworfenen, so unendlich, wie es das Universum ist, dann bräuchte es ein unendliches Paradies und eine unendliche Hölle, was auf Folgendes herauskäme: dass nämlich das Paradies überall wäre, genau wie die Hölle, was hieße: nirgendwo.

Dem Glauben an die Seelenwanderung hingegen widerspricht die Vernunft keineswegs:

Die Seele, die von der Schlange in das Schwein übergeht, vom Schwein in den Vogel und vom Vogel in den Hund, gelangt schließlich in den Affen und in den Menschen. Und bei jeder neuen Verfehlung beginnt sie ihren Weg aufs Neue bis zu dem Augenblick, in dem sie den Gipfel der irdischen Läuterung erreicht, der sie in eine höhere Welt entlässt. Und so bewegt sie sich ohne Unterlass von Tier zu Tier und von Sphäre zu Sphäre, vom unvollkommensten bis zum vollkommensten Lebewesen, bis sie zuletzt den Planeten des höchsten Glücks erreicht, von dem eine neue Verfehlung sie abermals in die Bereiche tiefsten Leidens stürzen kann, von denen aus sie ihre Wanderungen wieder antritt.

Der Kreis als allgemeingültige und schicksalsträchtige Form umschließt somit die Wechselfälle unserer Existenz ebenso, wie er die Entwicklung der Welten bestimmt.»

VII   *Wie man einen Vers Corneilles auf*
      zweierlei Weise deuten kann.

Kaum hatte Doktor Héraclius die Lektüre dieses wunderlichen Dokuments beendet, war er starr vor Verblüffung – und dann erwarb er es, ohne zu handeln, und bezahlte den Betrag von zwölf Francs und elf Sous, denn der Buchtrödler behauptete, es handle sich um ein hebräisches Manuskript, das bei den Ausgrabungen in Pompeji gefunden worden war.

Vier Tage und vier Nächte hindurch setzte der Doktor keinen Fuß aus seiner Studierstube, und mittels Geduld und Wörterbüchern gelang es ihm, die deutschen und spanischen Stellen des Manuskripts zu entziffern; denn er war zwar des Griechischen, des Lateinischen und ein wenig des Italienischen mächtig, doch das Deutsche und das Spanische waren ihm fast völlig unvertraut. Schließlich, als er befürchtete, die lächerlichsten Fehldeutungen verübt zu haben, bat er seinen Freund, den Rektor, der diese zwei Sprachen vollendet beherrschte, seine Übersetzung zu überprüfen. Letzterer tat dies mit größtem Vergnügen; doch es vergingen drei Tage, bevor er sich seiner Aufgabe ernsthaft widmen konnte, denn jedesmal, wenn er die Fassung des Doktors las, überkamen ihn so langanhaltende und heftige Lachanfälle, dass er zweimal fast ohnmächtig geworden wäre. Auf die Frage nach dem Grund dieser außerordentlichen Heiterkeit erwiderte er: «Der Grund? Es gibt drei Gründe. Der erste ist die lächerliche Miene meines vortrefflichen Kollegen Héraclius; der zweite ist seine lächerliche Übersetzung, die mit dem Text in etwa soviel gemein hat wie eine Gitarre mit einer Windmühle; und der dritte ist der Text selbst, der das Albernste ist, was man sich nur vorstellen kann.»

Oh, uneinsichtiger Rektor! Nichts konnte ihn überzeugen. Die Sonne höchstselbst hätte kommen und ihm Bart und Haare versengen können, und er hätte sie für eine Kerze gehalten!

Was Doktor Héraclius betrifft, muss ich wohl kaum sagen, dass er strahlte, leuchtete, wie verwandelt war – und mit Paulines Worten alle Augenblicke murmelte:

Ich sehe, fühle, glaube, ich bin der Wahrheit nah

und jedesmal unterbrach ihn der Rektor mit den Worten, es handle sich um mehrere falsche Silben und müsse lauten:

Ich sehe, fühle, glaube, ich bin der *Torheit Narr.*

VIII *Wie man aus dem gleichen Grund, aus dem man royalistischer als der König und päpstlicher als der Papst sein kann, ebenso ein überzeugterer Anhänger der Seelenwanderung sein kann, als es Pythagoras war.*

So groß die Freude des Schiffbrüchigen sein mag, der nach langen Tagen und langen Nächten des Dahintreibens auf dem unendlichen Meer, einsam auf seinem zerbrechlichen Floß, ohne Mast, ohne Segel, ohne Kompass und ohne Hoffnung, mit einem Mal das so lange ersehnte Ufer erblickt – nichts bedeutet diese Freude neben der, die Doktor Héraclius Gloss überkam, als er nach so langem Schlingern in der Dünung der Philosophen und auf dem Floß der Ungewissheiten endlich triumphierend und erleuchtet in den Hafen der Seelenwanderung einfuhr.

Die fundamentale Wahrheit dieser Doktrin hatte ihn so tief beeindruckt, dass er sie sich ohne zu zögern und mit all ihren Konsequenzen, selbst den befremdlichsten, zu eigen machte. Nichts daran war ihm unverständlich, und innerhalb weniger Tage gelang es ihm, mittels Nachdenken und Berechnungen den exakten Zeitpunkt zu bestimmen, an dem jemand, der in einem bestimmten Jahr verstorben war, wieder auf Erden erscheinen würde. Er wusste mit fast unfehlbarer Gewissheit das Datum aller Übertritte einer Seele in die Körper niederer Geschöpfe, und ausgehend von dem vermuteten Ausmaß des Guten oder Bösen, das im letzten Zeitraum des Menschenlebens vollbracht worden war, konnte er den Augenblick bestimmen, in dem diese Seele in den Körper einer Schlange, eines Schweins, eines Lastpferds, eines Ochsen, eines Hundes, eines Elefanten oder eines Affen eintreten würde. Das Wiedererscheinen ein und derselben Seele in ihrer höher angesiedelten Gestalt erfolgte in regelmäßigen Abständen, unabhängig von ihren früheren Verfehlungen.

So bemaß sich der Grad der Bestrafung abhängig vom Grad der Verfehlung nicht etwa in der mehr oder weniger langen Dauer des Exils in tierischer Gestalt, sondern in dem mehr oder weniger langen Verweilen einer solchen Seele in der Haut eines unreinen Tieres. Die Reihenfolge der Tiere begann bei den unteren Stufen mit der Schlange oder dem Schwein und endete beim Affen, «einem Menschen, dem es an der Sprache gebricht», wie der Doktor zu sagen pflegte; worauf sein vortrefflicher Freund, der Rektor, zu erwidern pflegte, der gleichen Erwägung zufolge sei sein Freund Héraclius Gloss nichts anderes als ein Affe, dem die Gabe der Sprache zuteil geworden war.

IX   *Medaillen und ihre Rückseiten.*

In den Tagen nach seiner überraschenden Entdeckung war Doktor Héraclius überaus glücklich. Höchstes Frohlocken erfüllte ihn, das Triumphieren ob überwundener Schwierigkeiten, enthüllter Geheimnisse, verwirklichter großer Erwartungen. Die

Seelenwanderung umhüllte ihn wie ein Himmelszelt. Ihm war zumute, als wäre ein Schleier plötzlich zerrissen und sein Blick auf ungeahnte Dinge gefallen.

Er setzte seinen Hund neben sich an den Tisch und führte ernste Zwiegespräche mit ihm am Kamin – und versuchte im Blick des unschuldigen Tiers das Geheimnis vorausgegangener Daseinsformen zu ergründen.

Doch zwei dunkle Punkte gab es in seinem Glück, und das waren der Herr Dekan und der Herr Rektor.

Jedesmal, wenn Héraclius den Dekan zur Lehre der Seelenwanderung zu bekehren versuchte, zuckte dieser zornig die Schultern, und der Rektor verspottete ihn mit den denkbar geschmacklosesten Scherzen. Das war besonders unerträglich. Sobald der Doktor seine Glaubenssätze vorbrachte, pflichtete der mephistophelische Rektor ihm in allem fromm bei; er äffte den Jünger nach, der den Worten eines verehrungswürdigen Apostels lauscht, und für alle Leute aus ihrer Bekanntschaft entwarf er die unwahrscheinlichsten tierischen Genealogien: Der alte Labonde, sagte er beispielsweise, der Glöckner der Kathedrale, könne bei seiner ersten Seelenwanderung nichts weiter gewesen sein als eine Melone, und seitdem habe er sich nicht weiter verändert, da er sich damit begnüge, morgens und abends die Glocke zu läuten, unter der er aufgewachsen war. Oder er gab vor, Abbé Rosencroix, der erste Vikar von Sainte-Eulalie, sei ganz zweifellos eine Krähe gewesen, die Nüsse stiehlt, denn ihr Gewand und ihre Eigenheiten habe er beibehalten. Und dann tauschte er die Rollen aufs Schmählichste aus und behauptete, der Apotheker Maître Bocaille sei nichts anderes als ein heruntergekommener Ibis, indem er sich genötigt finde, sich eines Instruments zu bedienen, um sich das einfache Mittel einzuflößen, das der heilige Vogel sich Herodot zufolge mit der bloßen Hilfe seines langen Schnabels zukommen ließ.

X   *Wie ein Gaukler schlauer sein kann*
     als ein gelehrter Doktor.

Doktor Héraclius führte jedoch seine Entdeckungen fort, ohne sich entmutigen zu lassen. Jedes Tier besaß für ihn nunmehr eine geheimnisvolle Bedeutung: Er sah nicht mehr das Tier, sondern betrachtete den Menschen, der sich hinter diesem Äußeren läuterte, und er erriet die früheren Verfehlungen aus dem bloßen Anblick der als Buße auferlegten Haut.

Eines Tages, als er sich auf dem Platz von Balançon erging, erblickte er eine große Hütte aus Holz, aus der schreckliches Geheul ertönte, während auf der Bühne ein Hanswurst von einer Gelenkigkeit, als hätte er keine Knochen, die Menge aufforderte, den furchterregenden Dompteur aus dem Stamm der Apachen mit Namen Tomahawk oder Grollender Donner bei der Arbeit zu sehen. Héraclius war ergriffen, zahlte den Eintrittspreis von zehn Centimes und ging hinein. O Fortuna, du Schutzgöttin der großen Geister! Kaum hatte er die Hütte betreten, erblickte er einen riesengroßen Käfig, der mit folgendem Wort beschriftet war, das vor seinen staunenden Augen geradezu aufflammte: «Waldmensch». Der Doktor empfand unversehens das nervöse Zittern großer seelischer Erschütterungen und näherte sich dem Käfig, vor Erregung schlotternd. Er sah darin einen riesengroßen Affen, der ruhig auf seinem Hintern saß, die Beine gekreuzt wie ein Schneider oder ein Türke, und angesichts dieses unübertrefflichen Musters des Menschen im Zustand seiner letzten Phase der Seelenwanderung versenkte sich Héraclius Gloss, dem vor Freude alle Farbe aus dem Gesicht gewichen war, in tiefes Nachdenken. Nach wenigen Minuten schnitt der Waldmensch, der zweifellos die unwiderstehliche Zuneigung erriet, die unversehens im Herzen des Mannes erblüht war, der ihn so beharrlich betrachtete, seinem wiedergefundenen Bruder eine so scheußliche Grimasse, dass dem Doktor die Haare zu Berge standen. Und nach einem atemberaubenden Sprung, der in keiner Weise mit der Würde eines Menschen vereinbar war, mochte dieser noch so tief gesunken sein, überließ der vierhändige Bürger sich den ungehörigsten Späßen auf Kosten des Barts unseres Doktors. Jener aber fand an der Ausgelassenheit des Opfers alter Verirrungen nichts auszusetzen, sondern sah darin statt dessen einen neuen Beweis der Ähnlichkeit mit dem Menschengeschlecht, einen weiteren Nachweis enger Verwandtschaft, und seine wissenschaftliche Neugier wurde so unersättlich, dass er beschloss, den Grimassenschneider zu kaufen, koste er, was er wolle, um ihn in aller Ruhe zu erforschen. Welche Ehre für ihn!, welcher Triumph für die große Lehre!, wenn es ihm gelänge, sich mit dem animalischen Teil der Menschheit ins Einvernehmen zu setzen, sich diesem armen Affen verständlich zu machen und ihn zu verstehen!

Selbstverständlich hielt der Besitzer der Menagerie die größten Lobreden auf seinen Logiergast; er schilderte ihn als das klügste, sanftmütigste, freundlichste und liebenswerteste Tier, das ihm in seiner langen Laufbahn als Bändiger wilder Tiere untergekommen war; und um seine Worte zu bestätigen, trat er an das Gitter des Käfigs und hielt seine Hand hinein, und scherzhafterweise biss der Affe sogleich in die Hand. Selbstverständlich verlangte er einen sagenhaften Preis, den Héraclius bezahlte, ohne zu feilschen. Und im Gefolge zweier Lastträger, die sich unter dem Gewicht des riesigen Käfigs abmühten, schritt der triumphierende Doktor zu seinem Wohnsitz.

XI *In welchem Kapitel dargelegt wird, dass Héraclius Gloss keineswegs der Schwächen des starken Geschlechts entriet.*

Doch je näher er seinem Haus kam, desto langsamer wurde sein Schritt, denn seinen Geist bewegte eine Frage von weit größerer Kniffligkeit als die der philosophischen Wahrheit, und dieses Problem stellte sich für den bedauernswerten Doktor in folgender Form: «Mit Hilfe welches Kunstgriffs kann ich vor meinem Hausmädchen Honorine verbergen, dass ich diese Vorform der menschlichen Existenz heimlich in mein Haus schaffe?» Denn es verhielt sich so, dass der arme Héraclius das furchterregende Schulterzucken des Herrn Dekan nicht weniger unerschrocken ertrug als die abscheulichen Scherze des Herrn Rektor, angesichts der Zornesausbrüche seines Hausmädchens Honorine hingegen das Hasenpanier ergriff. Und warum lebte der Doktor in der Furcht des Herrn vor dieser kleinen Frau, die noch jung war und von freundlicher Wesensart, lebhaft und ihrem Herrn ergeben, so man sich nicht täuschte? Warum? Da frage man, warum Herkules sich zu Füßen Omphales duckte, warum Samson sich von Delila seiner Kraft und seines Mutes berauben ließ, die seinen Haaren innewohnten, wie uns die Bibel berichtet.

O weh! Eines Tages, als der Doktor auf Wiesen und Feldern seinem Verzweifeln an einer großen verratenen Leidenschaft nachhing (denn nicht grundlos hatten der Herr Dekan und der Herr Rektor sich eines ganz bestimmten Abends auf dem Nachhauseweg so prächtig auf Kosten Héraclius' amüsiert), war er an einer Hecke einem Mädchen begegnet, das Schafe hütete. Der Gelehrte, dessen Streben sich nicht völlig ausschließlich auf die philosophische Wahrheit richtete und der außerdem zu jener Zeit vom großen Mysterium der Seelenwanderung noch nichts ahnte, beschäftigte sich nicht etwa mit den Schafen, wie er es gewiss getan hätte, wenn er gewusst hätte, was er noch nicht wusste, sondern er begann – o weh! – mit ihrer Hüterin zu plaudern. Bald darauf nahm er sie in Dienst, und die erste Schwäche zog folgerecht alle weiteren nach sich. In kurzer Zeit wurde er zum Schaf dieser Schäferin, und hinter vorgehaltener Hand wurde geraunt, dass sie wie die biblische Delila dem bedauernswerten allzu vertrauensseligen Mann zwar die Haare geschnitten, seine Stirn aber nicht allen Schmucks beraubt habe.

O, weh! Was er vorausgeahnt hatte, trat ein, und es übertraf sogar seine Befürchtungen; denn kaum hatte Honorine den in seinem Haus aus Eisengittern gefangenen Waldbewohner erblickt, gab sie sich den unerfreulichsten Zornesausbrüchen hin, und nachdem sie ihren entsetzten Herrn und Meister mit einem Schwall überaus unschöner Bezeichnungen überschüttet hatte, richtete sie ihren Zorn auf den unerwarteten Gast, der ihr zuteil geworden war. Letzterer aber, der sich fraglos nicht aus den gleichen Gründen wie der Doktor bemüßigt fühlte, einer so ungehobelten Haushälterin nachsichtig zu begegnen, begann zu schreien, zu brüllen, zu trampeln und die Zähne zu fletschen; er klammerte sich an die Gitterstäbe seines Kerkers und vollführte dabei so unzüchtige Gesten, die sich an eine Person richteten, die er zum ersten Mal sah, dass diese den Rückzug antreten und sich wie ein besiegter Krieger in ihrer Küche einschließen musste.

Héraclius, siegreich auf dem Schlachtfeld und begeistert von der unerwarteten Schützenhilfe seitens seines intelligenten Gefährten, ließ diesen in seine Studierstube tragen und ließ den Käfig mit seinem Bewohner am Kaminfeuer und vor dem Arbeitstisch aufstellen.

XII   *Warum die Worte Dompteur und Doktor keineswegs gleichbedeutend sind.*

Und nun begann ein Blickwechsel von größter Tragweite zwischen den zwei anwesenden Individuen; und eine ganze Woche hindurch brachte der Doktor jeden Tag viele Stunden damit zu, sich mittels der Augen (wie er zumindest glaubte) mit dem interessanten Objekt zu verständigen, das er sich verschafft hatte. Doch dies genügte ihm nicht; was Héraclius sich wünschte, war, das Tier in Freiheit zu beobachten, seine Geheimnisse auszuspähen, seine Wünsche, sein Denken, es nach Belieben kommen und gehen zu lassen und durch die tägliche Teilhabe am Privatleben des Tiers zu sehen, wie es vergessene Gewohnheiten wieder aufnahm, und so an unfehlbaren Zeichen die Erinnerung an eine vorhergegangene Existenzform zu erkennen. Dafür aber musste sein Gast frei sein, mithin der Käfig geöffnet werden. Dieses Unterfangen flößte dem Doktor allerdings alles andere

als Zuversicht ein. Ob er den Einfluss des Mesmerismus er-
probte oder den von Kuchen und Nüssen, stets vollführte der
Vierfüßler Manöver, die für die Augen des Doktors nichts Gutes
gewärtigen ließen, sobald dieser den Gitterstäben ein wenig zu
nahe kam. Eines Tages schließlich, als er der Begierde, die ihn
quälte, nicht länger widerstehen konnte, trat er schnell vor,
drehte den Schlüssel im Schloss, riss die Tür weit auf, trat vor
Erregung bebend, einige Schritte zurück und harrte dessen, was
in der Tat nicht lange auf sich warten ließ.

Der verwunderte Affe zögerte zuerst, doch dann war er mit
einem Sprung draußen und mit einem weiteren Sprung auf dem
Tisch, wo er innerhalb weniger als einer Sekunde alle Papiere
und Bücher durcheinanderwarf, und ein dritter Sprung beför-
derte ihn in die Arme des Doktors, wo die Bezeigungen seiner
Zuneigung so heftig ausfielen, dass Héraclius, hätte er keine Perücke getragen, seine letzten Haare zweifellos in den Klauen
seines furchterregenden Bruders gelassen hätte. Doch so gewandt der Affe sein mochte, der Doktor war es nicht minder: Er
sprang nach rechts, dann nach links, glitt wie ein Aal unter den
Tisch, setzte über die Sessel wie ein Windhund und erreichte
zuletzt, noch immer verfolgt, die Tür, die er schnell hinter sich
zuschlug; und keuchend wie ein Rennpferd am Ziel lehnte er
sich an die Wand, um sich aufrecht zu halten.

Den restlichen Tag über war Héraclius Gloss am Boden zerstört; ihm war zumute, als wäre in ihm etwas zusammenge-
stürzt, doch was ihm am meisten Sorge bereitete, war, dass er
wahrhaftig nicht wusste, wie sein unvorsichtiger Gast und er
aus ihrer gegenwärtigen Lage herausfinden sollten. Er trug
einen Stuhl zu der unüberwindlichen Zimmertür und nutzte

das Schlüsselloch als Spion. Und da erblickte er – o Wunder!!!, o unerwartete Seligkeit!!! – den glücklichen Sieger, der in einem Sessel lümmelte und sich die Füße am Feuer wärmte. In seiner freudigen Erregung wäre der Doktor fast ins Zimmer getreten, doch die Überlegung ließ ihn innehalten, und wie unter dem Einfluss einer plötzlichen Erleuchtung dachte er sich, dass der Hunger ganz gewiss bewirken müsse, was die Milde nicht vermocht hatte. Diesmal gab ihm das Ergebnis recht, denn der ausgehungerte Affe kapitulierte; im übrigen war er ein gutmütiger und umgänglicher Affe, man versöhnte sich vollständig, und von diesem Tag an lebten der Doktor und er wie zwei alte Freunde zusammen.

XIII *Wie der Doktor Héraclius Gloss in genau die gleiche Lage geriet, in welcher der gute König Henri IV sich befunden hatte, als zwei Meisteradvokaten vor ihm ihre Sache vertraten und er befand, dass beide im Recht waren.*

Einige Zeit nach diesem denkwürdigen Tag hinderte ein heftiger Regenguss Doktor Héraclius daran, sich wie gewohnt in seinen Garten zu begeben. Er setzte sich schon vormittags in seine Studierstube und begann in philosophischer Manier über seinen Affen nachzusinnen, der auf einem Sekretär hockte und sich damit vergnügte, den Hund Pythagore, der vor dem Kamin lag, mit Papierkügelchen zu bewerfen. Der Doktor studierte die Abstufungen und das Voranschreiten des Intellekts bei ihres Menschseins beraubten Menschen und verglich die Ausprägung der Schläue bei den beiden Tieren, die er vor sich sah. «Bei dem Hund», dachte er sich, «überwiegt noch der Instinkt, während bei dem Affen der Verstand überwiegt. Der eine schnüffelt, lauscht, erfasst mit seinen feinstens ausgebildeten Organen, die seine Intelligenz zur Hälfte ausmachen, während der andere kombiniert und überlegt.» In diesem Augenblick beschloss der Affe, erbost ob der Gleichgültigkeit und Reglosigkeit seines Widersachers, der ruhig dalag, den Kopf auf die Pfoten gebettet, und sich damit begnügte, hin und wieder den Blick zu seinem hoch oben verschanzten Quälgeist zu heben, herunterzukommen, um zu rekognoszieren. Er sprang behende von seinem Möbel und näherte sich so leise, so leise, dass nichts anderes zu vernehmen war als das Knistern des Feuers und das Ticken der Standuhr, das in der großen Stille der Studierstube ungeheuer laut zu ertönen schien. Und mit einer abrupten und unerwarteten Bewegung packte er mit beiden Händen den buschigen Schwanz des bedauernswerten Pythagore. Dieser jedoch, wiewohl weiterhin reglos, hatte jede Bewegung des Vierhänders verfolgt; seine Reglosigkeit war nur eine Finte, um den bis dahin unerreichbaren Feind in Reichweite zu bekommen, und als der überlegene Affe ihn voller Lust am Schwanz ergriff, richtete er sich mit einem Sprung auf, und bevor der andere die Flucht ergreifen konnte, hatte er seine starke Jagdhundschnauze um den Körperteil seines Rivalen geschlossen, den man beim Schaf züchtigerweise als Schenkel oder Keule bezeichnet. Es ist ungewiss, wie der Kampf ausgegangen wäre, wenn Héraclius nicht eingegriffen hätte; doch als er den Frieden wiederhergestellt hatte und sich atemlos in seinen Sessel setzte, fragte er sich, ob alles in allem sein Hund bei diesem Anlass nicht größere Hinterhältigkeit bewiesen hatte als das Tier, dem nachgesagt wird, es sei «von Natur aus durchtrieben»; und er versank in tiefe Ratlosigkeit.

XIV *Wie Héraclius beinahe in Versuchung geriet, einen*
Spieß voll schöner Damen vergangener Zeiten zu essen.

Als die Stunde der Mittagsmahlzeit gekommen war, betrat der Doktor sein Esszimmer, nahm an seinem Esstisch Platz, steckte seine Serviette in seinen Gehrock, schlug das kostbare Manuskript auf, das neben seinem Teller lag, und war im Begriff, einen kleinen Wachtelflügel zum Mund zu führen, fett und duftend, als sein Blick auf das ehrwürdige Buch fiel und die Zeilen, die er erblickte, vor seinem Auge schrecklichere Blitze sprühten als die drei berühmten Worte, die eine unbekannte Hand unversehens an die Wand des Festsaals eines Königs namens Belsazar schrieb!

Dies hatte der Doktor gelesen:

«Enthalte dich jedweglicher Nahrung, so des Lebens teilhaftig gewesen sein mag, denn vom Tiere zu essen heißt, seinesgleichen zu essen, und wer von der überwältigenden Wahrheit der Seelenwanderung erfasst ist und dennoch Tiere tötet und frisst, Tiere, die nichts anderes sind als Menschen in niedrigeren Daseinsformen, den erachte ich als nichts Besseres denn den wilden Menschenfresser, der sich an dem Gegner gütlich tut, den er überwältigt hat.»

Aufgereiht auf einem silbernen Spieß, verströmte ein halbes Dutzend frischer und fetter Wachteln seinen appetitanregenden Duft.

Der Kampf zwischen Geist und Bauch war schrecklich, aber, sagen wir es zum Ruhm unseres Héraclius, er währte nur kurz. Voller Niedergeschlagenheit und voller Furcht, dieser schrecklichen Versuchung nicht länger widerstehen zu können, klingelte der Bedauernswerte nach Honorine und schärfte ihr mit trostloser Stimme ein, sie habe dieses abscheuliche Gericht auf der Stelle zu entfernen und dürfe ihm künftig nichts anderes mehr auftischen als Eier, Milch und Gemüse. Honorine traute ihren Ohren nicht, als sie diese verblüffenden Worte vernahm, und stand im Begriff zu widersprechen, doch angesichts der unnachgiebigen Miene ihres Herrn trat sie mitsamt dem zurückgewiesenen Geflügel den Rückzug an und tröstete sich dabei mit der erquicklichen Überlegung, dass der Verzicht, den der eine übt, für die anderen Gewinn sein kann.

«Wachteln! Wachteln! Was mögen Wachteln in einem vorherigen Leben gewesen sein?», fragte sich der unglückliche Héraclius, während er traurig einen prachtvollen Blumenkohl in Sahne verzehrte, dessen Geschmack ihm an diesem Tag ausnehmend scheußlich vorkam – welches Menschenwesen konnte so elegant, so zierlich und so zart gewesen sein, dass es in den Körper dieser reizenden kleinen Tierchen passte, die so kokett und so hübsch waren? –, ah! ganz gewiss konnten das nur die bezaubernden kleinen Mätressen vergangener Jahrhunderte sein … und der Doktor erbleichte im Nachhinein bei dem Gedanken, dass er seit über dreißig Jahren jeden Tag zum zweiten Frühstück ein halbes Dutzend der Schönen vergangener Zeiten verschlungen hatte.

Am Abend dieses unheilvollen Tages kamen der Herr Dekan und der Herr Rektor und plauderten ein, zwei Stunden mit Héraclius in seiner Studierstube. Der Doktor erzählte ihnen sogleich, in welch misslicher Lage er sich befand, und legte ihnen dar, warum Wachteln und andere essbare Tiere für ihn so ungenießbar geworden waren, wie es ein Schinken für einen Juden ist.

Der Herr Dekan, der allem Anschein nach schlecht zu Abend gespeist hatte, verlor daraufhin alle Contenance und führte solche gotteslästerlichen Schimpfreden, dass der arme Doktor, der große Achtung vor ihm hegte, wiewohl er seine Verblendung beklagte, nicht mehr ein noch aus wusste. Der Herr Rektor wiederum äußerte wärmste Zustimmung zu Héraclius' Bedenken und führte ihm sogar vor Augen, dass ein Jünger des Pythagoras, der sich vom Fleisch der Tiere ernährte, Gefahr laufen könne, ein Kotelett von seinem Vater mit Pilzen oder die getrüffelten Füße eines Vorfahren zu verspeisen, was in größtem Widerspruch zum Geist jeder Religion stehen müsse, und zur Untermauerung zitierte er das vierte Gebot des Gottes der Christen:

«Du sollst deinen Vater und deine Mutter ehren
Auf dass du lange lebest.

Allerdings«, fügte er hinzu, »muss ich als Agnostiker gestehen, dass ich die göttliche Vorschrift lieber ein wenig abwandeln würde, statt mich dem Hungertod auszuliefern, und sie vielleicht sogar durch folgendes Gebot ersetzen würde:

Du sollst deinen Vater und deine Mutter verzehren
Auf dass du lange lebest.»

XVI   *Wie es kam, dass die zweiundvierzigste Lektüre des Manu-*
      skripts im Geist des Doktors neue Erkenntnisse zeitigte.

So wie ein Reicher jeden Tag an seinem großen Vermögen neue
Freuden und neue Genüsse finden kann, machte Doktor Héraclius, der Besitzer des unschätzbaren Manuskripts, jedesmal,
wenn er wieder darin las, überraschende Entdeckungen.

Eines Abends, als er im Begriff stand, die zweiundvierzigste
Lektüre des Dokuments zu beenden, kam plötzlich eine Erleuchtung über ihn, so geschwind wie ein Blitz.

Wie bereits dargelegt, konnte der Doktor mit mehr oder minder großer Genauigkeit bestimmen, zu welcher Epoche ein Ver-
storbener seine Seelenwanderungen beenden und in seiner ersten Form wiedererscheinen würde; und wie ein Blitzschlag
ereilte ihn unversehens die Erkenntnis, dass der Verfasser des
Manuskripts seinen Platz in der Menschheit wieder eingenom-
men haben konnte.

Und in fiebriger Erregung wie ein Alchemist, der sich auf der
Schwelle zur Entdeckung des Steins der Weisen wähnt, vertiefte
er sich in die kompliziertesten Berechnungen mit dem Ziel, die
Wahrscheinlichkeit dieser Annahme zu beweisen, und nach
mehreren Stunden beharrlicher Arbeit und kundiger metem-
psychotischer Berechnungen gelangte er zu der Überzeugung,
dass dieser Mann sein Zeitgenosse sein oder zumindest kurz
davor sein müsse, in das Leben der Verstandesbegabten zurück-

zukehren. Da Héraclius keine Unterlagen besaß, denen sich das genaue Todesdatum des großen Seelenwanderers entnehmen ließ, konnte er den Zeitpunkt seiner Wiederkehr nicht mit Gewissheit bestimmen.

Kaum hatte er die Möglichkeit erwogen, dieses Wesen wiederzufinden, das für ihn mehr war als ein Mensch, mehr als ein Philosoph und fast mehr als ein Gott, empfand er eine jener tiefen Gefühlsregungen, wie man sie erlebt, wenn man erfährt, dass ein Vater, den man seit Jahren tot wähnte, am Leben ist und in der Nähe weilt. Der heiligmäßige Einsiedler, der sein Leben damit verbracht hat, sich von der Liebe zu Christus und der Erinnerung an ihn zu nähren, könnte nicht ergriffener sein, wenn er auf einmal erführe, dass sein Gott ihm zu erscheinen gedenke, als es Héraclius Gloss war, indem er sich vergegenwärtigte, dass er eines schönen Tages dem Verfasser seines Manuskripts begegnen könne.

XVII *Wie Doktor Héraclius Gloss es anstellte,*
den Verfasser seines Manuskripts aufzufinden.

Einige Tage darauf bemerkten die Leser der Zeitung *Étoile de Balançon* auf der vierten Seite des Blattes verwundert die folgende Anzeige: «Pythagoras – Rom im Jahr 184 – Erinnerungen am Sockel einer Jupiterstatue – Philosoph – Architekt – Soldat – Bauer – Mönch – Feldmesser – Arzt – Dichter – Seemann – usw. Überlege und erinnere dich. Der Bericht deines Lebens befindet sich in meinen Händen.

Antwort postlagernd nach Balançon zu Händen H. G.»

Der Doktor hegte die feste Überzeugung, falls jener, von dem er es sich so inbrünstig wünschte, diese Anzeige läse, eine Anzeige, die für jeden anderen unverständlich sein musste, würde der Betreffende ihren verborgenen Sinn erfassen und sich bei ihm einfinden. Und deshalb begab er sich jeden Tag vor Tisch zum Postamt, um sich zu erkundigen, ob ein Brief für H. G. gekommen sei; und wenn er die Tür öffnete, die mit den Worten beschriftet war: «Postamt – Briefe, Auskünfte, Frankaturen», war er ganz zweifellos bewegter als ein Verliebter, der im Begriff ist, das erste Billetdoux der geliebten Frau zu öffnen.

Doch ach, die Tage vergingen und glichen einander hoffnungslos; der Schalterbeamte gab dem Doktor jeden Vormittag die gleiche Antwort, und jeden Vormittag ging dieser trauriger und entmutigter nach Hause. Und die Bewohner Balançons, die wie alle Welt durchtrieben, schwatzhaft, boshaft und neugierig waren, brachten schnell die überraschende Anzeige in der Zeitung *Étoile* mit den täglichen Besuchen des Doktors im Postamt in Zusammenhang. Und er fragte sich, welches Geheimnis sich dahinter verbergen mochte, und begann Selbstgespräche zu führen.

XVIII In welchem Kapitel Doktor Héraclius Gloss
verblüfft erkennt, wer der Verfasser des Manuskripts ist.

Eines Nachts, als der Doktor nicht einschlafen konnte, erhob er sich zwischen ein und zwei Uhr morgens, um eine Stelle nachzulesen, die ihm noch etwas unklar erschien. Er schlüpfte in seine Schlappen und öffnete seine Zimmertür so leise wie möglich, um den Schlaf aller Gattungen von Mensch-Tieren, die unter seinem Dach büßten, nicht zu stören. Und wie die vorherigen Lebensumstände dieser glücklichen Tiere auch beschaffen gewesen sein mochten, gewiss hatten sie sich nie zuvor eines so ungetrübten Friedens und Glücks erfreut, denn in diesem gastfreien Haus speiste und schlief man aufs Köstlichste und Komfortabelste und mehr noch als das, so mitfühlend war das Herz des vortrefflichen Mannes. Geräuschlos gelangte er bis zur Schwelle seiner Studierstube und trat ein. Oh! Héraclius war fraglos tapfer und fürchtete weder Gespenster noch Erscheinungen; doch wie furchtlos der Mensch auch sein mag, gibt es Schrecknisse, welche die unbezähmbarste Tapferkeit wie Kugeln durchlöchern, denn der Doktor erstarrte, erbleichte, zu Tode erschrocken, verstörten Blicks, die Haare standen ihm zu Berge, er klapperte mit den Zähnen, und von Kopf bis Fuß schüttelte ihn das Entsetzen angesichts des unbegreiflichen Schauspiels, das sich seinem Blick bot.

Seine Arbeitslampe auf dem Tisch war entzündet, und vor seinem Feuer, den Rücken der Tür zugekehrt, durch die er eintrat, sah er … Doktor Héraclius Gloss, der aufmerksam in seinem Manuskript las. Kein Zweifel war möglich … Es war wahrhaftig er selbst … Um die Schultern trug er seinen langen Schlafrock aus alter Seide mit einem Muster großer roter Blumen und auf dem Kopf sein schwarzes goldbesticktes griechisches Samtkäppchen. Der Doktor wusste, dass einer von ihnen beim Anblick seines Doppelgängers tot umfallen würde – derjenige, der in seinem Inneren erzitterte, wenn der andere sich umdrehte und die beiden Héraclius einander ins Gesicht sahen. Doch in diesem Augenblick zuckte er nervös zusammen und öffnete unwillkürlich die Hände, und der Kerzenhalter, den er gehalten hatte, rollte laut über den Fußboden. – Der Lärm ließ ihn erschrocken vorspringen. Der andere drehte sich abrupt um, und der entsetzte Doktor erkannte ... seinen Affen. Sekundenlang tosten die Gedanken in seinem Gehirn wie vom Sturmwind aufgewirbeltes welkes Laub. Dann überkam ihn unversehens die größte Freude, die er jemals verspürt hatte, denn ihm war aufgegangen, dass der Verfasser des Manuskripts, den er erwartet und herbeigewünscht hatte wie die Juden den Messias, sich vor ihm befand – es war sein Affe. Närrisch vor Beglückung stürzte er zu ihm, drückte das verehrte Wesen an sich und umarmte es mit einer Leidenschaft, glühender als die des Liebhabers der geliebtesten Mätresse. Dann setzte er sich dem Affen gegenüber an die andere Seite des Kamins und betrachtete ihn andächtig, bis der Morgen graute.

XIX *Wie der Doktor sich vor der schrecklichsten*
     aller Alternativen fand.

Doch wie die schönsten Sommertage bisweilen durch einen fürchterlichen Sturm unvermutet unterbrochen werden, so wurde auch die Glückseligkeit des Doktors mit einemmal durch die schrecklichste aller Überlegungen getrübt. Er hatte zwar den gefunden, den er suchte, doch ach!, es war nur ein Affe. Sie verstanden einander zweifellos, doch sie konnten nicht miteinander sprechen: und der Doktor kehrte vom Himmel auf die Erde zurück. Adieu, ihr langen Gespräche, von denen er sich soviel

Gewinn versprochen hatte, adieu, du herrlicher Kreuzzug gegen den Aberglauben, den sie gemeinsam unternommen hätten. Denn ganz allein verfügte der Doktor nicht über genügend Waffen, um die Hydra des Unwissens zu vernichten. Er brauchte einen Mann, einen Apostel, einen Beichtiger, einen Märtyrer – Rollen, denen ein Affe – leider, leider – nicht gerecht werden konnte. – Was tun?

Eine furchterregende Stimme rief ihm ins Ohr: «Töte ihn!»

Héraclius erbebte. In Sekundenbruchteilen rechnete er sich aus, dass die befreite Seele des Affen, wenn er ihn tötete, unverzüglich in den Körper eines Kindes kurz vor dessen Geburt übergehen würde. Dass man ihm mindestens zwanzig Jahre bis zur geistigen Reife lassen müsste. Zu jenem Zeitpunkt wäre der Doktor siebzig Jahre alt. Möglich wäre es. Aber würde er den Mann finden? Und zudem untersagte ihm seine Religion, ein Lebewesen zu töten, da dies ein Mord wäre; und seine eigene Seele würde daraufhin nach seinem Tod in den Körper eines wilden Tiers eingehen, wie es bei Mördern üblich war. – Und wenn schon! Er wäre ein Opfer der Wissenschaft – und des Glaubens! Er ergriff einen großen Türkensäbel, der in einem Arrangement von Waffen hing, und wollte zuschlagen wie Abraham auf dem Berg, als ein Gedanke ihn innehalten ließ ... Wenn die Buße dieses Mannes noch gar nicht beendet war und seine Seele nicht etwa in den Körper eines Säuglings einginge, sondern zum zweiten Mal in den eines Affen einführe? Dies war denkbar, sogar wahrscheinlich – beinahe gewiss. Und indem er solcherart ein unnützes Verbrechen beging, würde der Doktor sich ohne Gewinn für seine Mitmenschen einer schrecklichen Strafe aussetzen. Starr vor Entsetzen

fiel er in seinen Sessel zurück. Die aufeinanderfolgenden seeli-
schen Erschütterungen hatten ihn erschöpft, und er fiel ihn
Ohnmacht.

XX   *In welchem Kapitel der Doktor eine kleine*
      Unterredung mit seinem Hausmädchen hat.

Als er die Augen wieder öffnete, benetzte ihm sein Hausmädchen Honorine die Schläfen mit Essig. Es war sieben Uhr morgens. Der erste Gedanke des Doktors galt seinem Affen. Das Tier
war verschwunden. «Mein Affe, wo ist mein Affe?», rief er.

    «Ach! Nun ja, seien wir offen», erwiderte die Bedienstete
und Herrin, die niemals anstand, in Zorn zu geraten, «das wäre
weiß Gott ein großer Verlust, wenn es ihn nicht mehr gäbe! Ein
reizendes Tier, weiß Gott! Es ahmt alles nach, was es bei Monsieur sieht; habe ich es nicht erst neulich dabei ertappt, wie es
Ihre Stiefel anzog, und heute Morgen, als ich Sie dort vorfand,
und Gott allein weiß, welche verwünschten Gedanken Ihnen in
letzter Zeit im Kopf herumtanzen und Sie daran hindern, im
Bett zu bleiben, hatte da dieses abscheuliche Tier, das eher ein
Teufel in Tiergestalt ist, etwa nicht Ihr Käppchen aufgesetzt und
Ihren Schlafrock angezogen und sah aus, als lachte es sich ins
Fäustchen, als es Sie betrachtete, als wäre es recht vergnüglich,
einen ohnmächtigen Menschen zu sehen? Und als ich mich
nähern wollte, hat dieses Untier sich auf mich gestürzt, als
wollte es mich auffressen. Aber Gott sei Dank ist unsereins nicht
furchtsam und kein Hasenfuß; ich habe die Schaufel genommen
und seinen hässlichen Rücken damit traktiert, bis er in Ihr Zim-

mer geflüchtet ist, wo er sicherlich gerade eine neue Teufelei ausheckt.»

«Sie haben meinen Affen geschlagen!», schrie der Doktor, völlig außer sich. «Lassen Sie sich gesagt sein, Mademoiselle, dass ich darauf bestehe, dass er respektiert wird und bedient wird wie der Herr dieses Hauses.»

«O ja! Er ist nicht nur Herr des Hauses, sondern schon seit langem der Herr des Hausherrn», brummte Honorine, die sich in ihre Küche zurückzog, überzeugt, dass Doktor Héraclius Gloss unstreitig verrückt geworden war.

XXI *Worin gezeigt wird, dass es nur eines zärtlich geliebten*
      Freundes bedarf, um die Last des größten Kummers zu
      erleichtern.

Wie der Doktor angeordnet hatte, wurde der Affe von diesem Tag an wahrhaftig Herr des Hauses, und Héraclius machte sich zum unterwürfigen Diener des edlen Tiers. Stundenlang betrachtete er ihn mit unendlicher Zärtlichkeit; er bewies ihm die Zartheiten eines Verliebten; bei jedem Anlass verschwendete er auf ihn das gesamte Vokabular zärtlicher Worte; drückte ihm die Hand wie einem Freund; sprach mit ihm, den Blick auf ihn gerichtet; erläuterte ihm die Stellen seiner Rede, die schwer zu verstehen sein mochten; und umhüllte das Leben dieses Tiers mit der zärtlichsten und ausgesuchtesten Fürsorge.

Und der Affe ließ sich all das gefallen, gelassen wie ein Gott, der die Huldigungen seiner Anbeter empfängt.

Wie alle großen Geister, die einsam leben, weil ihre Erhabenheit sie von dem gewöhnlichen Grad der allgemeinen Dummheit absondert, hatte Héraclius sich bisher allein gefühlt. Allein in seinen Forschungen, allein in seinen Hoffnungen, allein in seinen Kämpfen und in seinem Scheitern, allein zuletzt in seiner Entdeckung und in seinem Triumph. Er hatte seine Lehre noch nicht dem Pöbel offenbart, er hatte noch nicht einmal seine zwei engsten Freunde, den Herrn Rektor und den Herrn Dekan, überzeugen können. Doch von dem Tag an, an dem er in seinem Affen den großen Philosophen entdeckt hatte, von dem er so oft geträumt hatte, fühlte der Doktor sich weniger allein.

In der Überzeugung, dass das Tier nur als Strafe für vergangene Verfehlungen der Sprache gebricht und dass es aufgrund ebendieser Bestrafung auch eine Erinnerung an frühere Daseinsformen besitzt, entwickelte Héraclius eine geradezu glühende Liebe zu seinem Gefährten und tröstete sich mit dieser Zuneigung für alle Misshelligkeiten, die ihn heimsuchten.

Denn seit einiger Zeit war das Leben für den Doktor in der Tat trauriger geworden. Der Herr Dekan und der Herr Rektor besuchten ihn wesentlich seltener als früher, und das bewirkte große Leere um ihn herum. Sie kamen nicht einmal mehr zum sonntäglichen Abendessen, seit er auf seiner Tafel keine Nahrung mehr gestattete, die lebendig gewesen war. Die Veränderung seiner Essgewohnheiten bedeutete auch für ihn eine große Entbehrung, deren Empfinden sich bisweilen zu wahrem Kummer auswuchs. Er, der einstmals so begierig die süße Stunde der Mittagsmahlzeit erwartet hatte, scheute sie inzwischen beinahe. Traurig betrat er sein Esszimmer im Wissen, dass ihn dort nichts Erfreuliches erwartete, und in dem Zimmer quälte ihn ohne Unterlass die Erinnerung an die Wachteln am Spieß und suchte ihn heim – ach!, nicht aus Reue, so viele von ihnen verzehrt zu haben, sondern weitaus eher ob des Bedauerns, für alle Zeiten darauf verzichtet zu haben.

XXII *In welchem Kapitel der Doktor entdeckt, dass sein*
      Affe ihm noch mehr ähnelt, als er für möglich gehalten hätte.

Eines Morgens weckte den Doktor Héraclius ein unbekanntes Geräusch; er sprang aus dem Bett, kleidete sich eilig an und richtete seine Schritte zur Küche, von wo er Schreie und außergewöhnlichen Lärm vernahm.

Honorine, die seit langem die finstersten Rachevorhaben gegen den Eindringling hegte, der ihr die Zuneigung ihres Herrn streitig machte, war es in ihrer Hinterlist und im Wissen um die Vorlieben und Neigungen dieser Tiere gelungen, mittels einer List den bedauernswerten Affen am Bein ihres Küchentischs festzubinden. Und als sie sich vergewissert hatte, dass er wirklich und wahrhaftig festgebunden war, hatte sie sich ans andere Ende des Raums zurückgezogen, sich damit vergnügt, ihm die Speisen vorzuführen, die seine Gier am meisten entfachen mussten, und ihn einer abscheulichen Tantalusqual unterzogen, wie man sie in der Hölle nur jenen auferlegen darf, die sich die abscheulichsten Sünden zuschulden haben kommen lassen; und die böswillige Haushälterin lachte aus vollem Hals und ersann raffinierte Folterqualen, wie sie nur eine Frau ersinnen kann. Der Mensch-Affe krümmte und wand sich mit aller Kraft beim Anblick der köstlichen Gerichte, die am anderen Ende des Zimmers präsentiert wurden, und der Zorn darob, sich an das

feste Tischbein gefesselt zu wissen, veranlasste ihn zu den abscheulichsten Grimassen, zum größten Vergnügen der Versu-
cherin und Folternden.

Zuletzt, in dem Augenblick, in dem der Doktor als eifersüch-
tiger Herr den Raum betrat, gelang es dem Opfer der scheußlichen Falle, sich mittels ungeheurer Anstrengung der Fesseln
zu entledigen, die es gehalten hatten, und wer mag wissen, welche Leckereien sich dieser neue vierhändige Tantalus einverleibt
hätte ohne das Eingreifen des empörten Héraclius.

XXIII Wie der Doktor sich dessen gewahr wurde, dass
  sein Affe ihn ganz erbärmlich betrogen hatte.

Diesmal war der Zorn machtvoller als die Achtung, und der
Doktor ergriff den Affen-Philosophen an der Gurgel, schleppte
das kreischende Tier in seine Studierstube und verabfolgte ihm
dort die schrecklichste Tracht Prügel, die jemals das Hinterteil
eines Seelenwanderers ereilte.

Als Héraclius der Arm schmerzte und sein Griff um die Kehle
des armen Tiers sich lockerte, dessen Vergehen allein darin bestand, dass seine Gelüste denen seines Bruders allzu ähnlich waren, befreite es sich aus der Umarmung des empörten Herrn,
sprang über den Tisch, ergriff auf einem Buch die große Taba-
tiere des Doktors und leerte sie über den Kopf ihres Besitzers
aus. Dieser hatte kaum Zeit, die Augen zu schließen, um dem
Tabaknebel auszuweichen, der ihn sicherlich geblendet hätte,
doch als er sie wieder öffnete, war der Täter entschwunden und
hatte das Manuskript entführt, als dessen Verfasser er galt.

Héraclius war über alle Maßen bestürzt – und wie ein Wahnsinniger folgte er den Spuren des Flüchtigen, zu den größten Opfern bereit, wenn er nur sein kostbares Pergament zurück erhielt. Er durchsuchte sein Haus vom Keller bis zum Speicher, öffnete alle Schränke, spähte unter alle Möbel. Seine Nachforschungen blieben völlig ergebnislos. Zuletzt setzte er sich verzweifelt unter einen Baum in seinem Garten. Nach einiger Zeit wollte es ihm scheinen, als fielen ihm kleine leichte Gegenstände auf den Kopf, und er dachte, es handele sich um welke Blätter, die der Wind herwehte, als er vor sich auf dem Weg ein Papierkügelchen rollen sah. Er hob es auf – und entfaltete es. Großer Gott! Es war ein Blatt seines Manuskripts. Entsetzt sah er auf und erblickte das abscheuliche Tier, das in aller Gemütsruhe neue Wurfgeschosse der gleichen Art vorbereitete – und bei diesem Tun produzierte das Ungeheuer ein Lächeln so grauenhafter Zufriedenheit, wie Satan es nicht schrecklicher zustande gebracht haben konnte, als er sah, wie Adam den fatalen Apfel ergriff, den uns zu reichen die Frauen von Eva bis Honorine nicht müde werden. Bei diesem Anblick überkam den Geist des Doktors mit einemmal eine erschreckende Erkenntnis, und er begriff, dass er Opfer eines Betrugs geworden war, einer Täuschung, eines Taschenspielertricks, auf die abscheulichste Art vollführt von jenem pelzigen Schurken, der so wenig der heißersehnte Verfasser war wie der Papst oder der Großtürke. Das kostbare Werk wäre vollständig verschwunden, wenn Héraclius nicht neben sich einen der Wasserschläuche erblickt hätte, deren sich die Gärtner bedienen, um ferne Boskette zu bewässern. Er ergriff den Schlauch, bewegte ihn mit übermenschlicher Kraft und verpasste dem Unhold ein so unverhofftes Duschbad, dass dieser von Ast zu Ast enteilte, wobei er schrille Schreie ausstieß, und zuletzt als schlaue Kriegslist, um sich damit wohl eine Verschnaufpause einzuhandeln, das zerfetzte Pergament seinem Gegner ins Gesicht warf: worauf der Affe seine Position wechselte und zum Haus lief.

Noch bevor das Manuskript den Doktor erreichte, wälzte dieser sich auf dem Rücken, Beine und Arme gen Himmel gestreckt, von seinen Gefühlen überwältigt. Als er sich aufrichtete, hatte er nicht die Kraft, diese neue Dreistigkeit zu bestrafen, sondern schlich demütig in seine Studierstube, wo er nicht unfreudig feststellte, dass nur drei Blätter des Manuskripts verschwunden waren.

XXIV Eureka!

Der Besuch des Herrn Dekan und des Herrn Rektor weckte ihn aus seiner Niedergeschlagenheit. Sie plauderten zu dritt eine oder zwei Stunden lang, ohne die Seelenwanderung mit einem Wort zu erwähnen; doch als seine zwei Freunde aufbrachen, konnte Héraclius sich nicht länger zurückhalten. Während der Herr Dekan sich in seinen weiten Überrock aus Bärenfell mummte, nahm Héraclius den Herrn Rektor beiseite, den er weniger fürchtete, und berichtete ihm sein Missgeschick. Er erzählte ihm, wie er geglaubt hatte, den Verfasser des Manuskripts gefunden zu haben, und dass er sich getäuscht hatte, wie sein elender Affe ihn aufs Nichtswürdigste gefoppt hatte und wie einsam und verzweifelt ihm zumute war. Und angesichts des Scherbenhaufens seiner Illusionen begann Héraclius zu weinen.

Gerührt ergriff der Rektor seine Hände; er wollte etwas sagen, als die tiefe Stimme des Dekans im Hausflur ertönte, die rief: «Hören Sie, Rektor, kommen Sie nun?» Und dieser umarmte ein letztes Mal den unglücklichen Doktor und sagte mit einem beruhigenden Lächeln, als spräche er zu einem ungezogenen Kind: «Schon gut, beruhigen Sie sich, mein Freund, wer weiß, ob Sie nicht vielleicht selbst der Verfasser dieses Manuskripts sind.»

Dann begab er sich auf die dunkle Straße und ließ einen vor Verwirrung sprachlosen Héraclius an der Haustür zurück.

Der Doktor begab sich langsamen Schritts in seine Studierstube zurück und murmelte immer wieder: «Vielleicht bin ich selbst der Verfasser des Manuskripts.» Aufmerksam las er abermals, wie das Manuskript bei jedem Wiedererscheinen seines Verfassers entdeckt worden war; und dann erinnerte er sich daran, wie er selbst es entdeckt hatte. Der Traum, der diesem Glückstag wie ein Zeichen der Vorsehung vorausgegangen war, seine Aufgewühltheit, als er die Ruelle des Vieux-Pigeons betrat: Alles stand ihm wieder klar, deutlich, überdeutlich vor Augen. Und daraufhin richtete er sich zu voller Körpergröße auf, streckte die Arme aus wie ein Erleuchteter und rief mit Donnerstimme: «Ich bin es, ich bin es!» Ein Schauer durchlief seine ganze Behausung, Pythagore bellte laut, die verstörten Tiere erwachten auf der Stelle und regten sich, als wollte ein jedes in seiner Sprache die feierliche Wiederauferstehung des Propheten der Seelenwanderung begrüßen. Und unter dem Einfluss einer übermenschlichen Empfindung setzte Héraclius sich, schlug die letzte Seite seiner neuen Bibel auf und schrieb sodann gewissenhaft die Geschichte seines ganzen Lebens auf.

XXV Ego sum qui sum.

Von diesem Tag an erfüllte Héraclius Gloss ein gewaltiger Dünkel. Wie der Messias von Gottvater abstammt, stammte er unmittelbar von Pythagoras ab oder war besser gesagt Pythagoras, da er einstmals im Körper des Philosophen gelebt hatte. Seine Ahnenreihe konnte es mit den Ahnen der feudalsten Familien aufnehmen. Hochmütige Verachtung zollte er allen großen Männern der Menschheitsgeschichte, deren größte Taten ihm neben den seinigen winzig erschienen, und mitten unter den Menschen und Tieren sonderte er sich in unüberbietbarer Erhabenheit ab; er war die verkörperte Seelenwanderung, und sein Haus wurde zu ihrem Tempel.

Er hatte dem Hausmädchen und dem Gärtner verboten, als Schädlinge geltende Tiere zu töten. In seinem Garten wimmelte es von Raupen und Schnecken, und an den Wänden seiner Studierstube trugen vormalige Sterbliche in Form großer behaarter Spinnen ihre scheußliche Verwandlung spazieren; was den abscheulichen Rektor zu der Bemerkung veranlasste, falls alle früheren Schmarotzer in der ihnen gemäßen neuen Daseinsform sich ein Stelldichein auf dem Schädel des allzu empfindsamen Doktors zu geben gedächten, werde dieser sich zweifellos hüten, die armen ausgestoßenen Parasiten zu bekriegen. Nur eine Sache beunruhigte Héraclius in der Blüte seines Glücks: sehen zu müssen, dass die Tiere einander ohne Unterlass verschlangen, die Spinnen den Mücken auflauerten, die Vögel die Spinnen holten, die Katzen die Vögel fraßen und dass sein Hund

53

Pythagore mit höchstem Genuss jeder Katze den Hals umdrehte, die in Reichweite seiner Zähne geriet.

Von früh bis spät verfolgte er den langsamen und fortschreitenden Gang der Seelenwanderung durch alle Stufen des Tierreichs. Ungeahntes offenbarte sich ihm, wenn er den Spatzen zusah, die in den Regenrinnen pickten; die Ameisen, diese unermüdlichen und umsichtigen Arbeiterinnen, rührten ihn unendlich; in ihnen sah er alle Müßiggänger und Nichtsnutze, die zur Buße für ihre vergangene Faulheit und Saumseligkeit zu dieser beharrlichen Tätigkeit verurteilt waren. Stundenlang lag er mit der Nase im Gras, sah ihnen zu und staunte über den eigenen Scharfsinn.

Dann ging er wie Nabuchodonosor auf allen vieren, wälzte sich mit seinem Hund im Dreck, lebte mit seinen Tieren, fläzte sich mit ihnen auf dem Boden. In seinen Augen schwand der Mensch allmählich aus der Schöpfung, und bald sah er darin nur mehr die Tiere. Während er sie betrachtete, fühlte er sich ganz und gar als ihr Bruder; er unterhielt sich nur noch mit ihnen, und wenn der Zufall ihn nötigte, mit Menschen zu sprechen, fand er sich gehemmt wie unter Fremden und empörte sich insgeheim über die Dummheit seiner Mitmenschen.

XXVI *Was an der Ladentheke Madame Labottes, Obst-*
händlerin, in der Rue de la Maraîcherie, Nummer 26,
geredet wurde.

Mamsell Victoire, Meisterköchin in den Diensten des Herrn De
kan der Fakultät von Balançon, Mamsell Gertrude, Dienstmäd-
chen des Herrn Rektor derselben Fakultät, und Mamsell Anastasie, Haushälterin des Herrn Abbé Beaufleury, des Pfarrers von
Sainte-Eulalie – das war das ehrbare Kränzchen, das sich eines
Donnerstagvormittags um die Ladentheke Madame Labottes,
Obsthändlerin, in der Rue de la Maraîcherie, Nummer 26, versammelt hatte.

Die Damen, die am linken Arm den Einkaufskorb trugen
und auf dem Kopf kokett eine kleine weiße Haube, mit Spitzen
und geplätteten Falten geschmückt, deren Bänder ihnen auf den
Rücken hingen, lauschten neugierig Mamsell Anastasie, die ihnen erzählte, wie am Vortag der Herr Abbé Beaufleury eine Teu-
felsaustreibung an einer armen Frau vorgenommen hatte, die
von fünf Dämonen besessen gewesen war.

Unversehens kam Mamsell Honorine, die Haushälterin des
Doktor Héraclius, wie ein Windstoß herein, ließ sich auf einen
Stuhl fallen, von heftigen Gemütsbewegungen übermannt, und
als sie sah, dass sie genügend Neugier geweckt hatte, rief sie:
«Nein, das ist wahrhaftig zuviel, sage man, was man wolle: In
diesem Haus bleibe ich nicht länger!» Dann vergrub sie das Ge-
sicht in den Händen und begann zu schluchzen. Nach kurzer
Zeit hatte sie sich etwas beruhigt und sprach weiter: «Schließ-

lich ist es nicht seine Schuld, wenn der arme Mann verrückt geworden ist.»

«Wer?», fragte Madame Labotte.

«Nun, mein Herr, Doktor Héraclius», erwiderte Mamsell Honorine.

«Was der Herr Dekan gesagt hat, ist also wahr – dass Ihr Herr den Verstand verloren hat?», fragte Mamsell Victoire.

«Das will ich wohl glauben!», rief Mamsell Anastasie. «Der Herr Pfarrer hat erst neulich zu dem Herrn Abbé Rosencroix gesagt, Doktor Héraclius sei wahrlich eine verlorene Seele; er bete die Tiere an, nach dem Beispiel eines gewissen Herrn Pythagoras, der offenbar ein ebenso verabscheuenswerter Gottloser ist wie Luther.»

«Und was gibt es Neues», unterbrach sie Mamsell Gertrude, «was ist Ihnen widerfahren?»

«Stellen Sie sich vor», sagte Honorine, die sich mit dem Schürzenzipfel die Tränen abwischte, «mein armer Herr hat seit bald sechs Monaten die Tiere zu seiner Marotte gemacht, und er würde mich vor die Tür setzen, wenn er mich dabei ertappte, dass ich eine Fliege erschlage, ich, die ich seit zehn Jahren bei ihm bin. Es ist recht, die Tiere zu lieben, aber schließlich sind sie für uns geschaffen, während der Doktor nichts mehr auf die Menschen gibt, sondern nur noch die Tiere sieht und denkt, er wäre auf der Welt, um ihnen zu dienen; er spricht mit ihnen wie mit verständigen Personen, und man könnte meinen, er hörte in ihnen eine Stimme, die ihm antwortet. Und gestern Abend, als ich merkte, dass die Mäuse unsere Vorräte fressen, habe ich eine Rattenfalle in die Anrichte gestellt. Als ich heute Morgen sah, dass eine Maus darin gefangen war, habe ich die Katze gerufen und wollte ihr das Ungeziefer geben, als mein Herr wie ein Wahnsinniger herbeikam, mir die Rattenfalle aus den Händen riss und das Tier mitten unter meine Vorräte entließ, und als ich zornig wurde, hat er einen neuen Ton angeschlagen und mich beschimpft, wie man keine Lumpensammlerin beschimpfen würde.» Schweigen trat für einige Augenblicke ein, bis Mamsell Honorine wieder das Wort ergriff: «Alles in allem bin ich dem armen Mann nicht böse, er ist verrückt.»

Zwei Stunden später war die Geschichte der Maus des Doktors in allen Küchen von Balançon bekannt. Zur Mittagszeit war sie Stadtgespräch bei allen Bürgern der Ortschaft. Um acht Uhr abends erzählte sie der Herr Bürgermeister sechs Verwaltungsbeamten, die bei ihm gespeist hatten, und diese Herren lauschten ihm verzückt in unterschiedlicher und ernster Haltung, ohne zu lächeln oder den Kopf zu bewegen. Um elf Uhr machte sich der Präfekt, der eine Abendeinladung gab, vor sechs Verwaltungsmarionetten darüber seine Gedanken, und als er den Rektor nach seiner Meinung fragte, der mit seinen Bosheiten und seiner weißen Krawatte hierhin und dorthin wanderte, erwiderte dieser: «Was beweist das schon anderes, Herr Präfekt, als dass, so La Fontaine noch lebte, er eine neue Fabel des Titels ‹Die Maus des Philosophen› verfassen könnte, die mit folgenden Worten endete:

Wer von den drein soll nun der größte Esel sein?»

XXVII Wie Doktor Héraclius keineswegs wie der Delphin dachte,
der einen Affen aus dem Wasser gerettet hatte:

Taucht ihn hinab und sucht sich dann
Einen Menschen, den er retten kann.

Als Héraclius am nächsten Tag das Haus verließ, fiel ihm auf, dass die Vorübergehenden ihn neugierig betrachteten und dass sie sich sogar nach ihm umdrehten. Die Aufmerksamkeit, deren Gegenstand er war, verwunderte ihn zuerst; er suchte nach dem Grund dafür und dachte sich, seine Lehre sei vielleicht ohne sein Zutun bekannt geworden und er stehe im Begriff, von seinen Mitbürgern verstanden zu werden. Da überkam ihn mit einmmal große Zärtlichkeit für die Bürger, in denen er bereits begeisterte Jünger sah, und er begann lächelnd nach links und rechts zu grüßen wie ein Fürst unter seinem Volk. Das Geflüster, das hinter ihm zu hören war, klang in seinen Ohren wie gelispelte Lobreden, und er lächelte voller Vorfreude, wenn er an die baldige Betretenheit des Rektors und des Dekans dachte.

So gelangte er bis zu den Kais der Brille. Wenige Schritte entfernt war ein Grüppchen von Kindern unter lautem Gejohle damit beschäftigt, Steine ins Wasser zu werfen, und Schiffer, die in der Sonne ihre Pfeife schmauchten, schienen dem Spiel der Kinder mit Interesse zu folgen. Héraclius näherte sich und trat dann abrupt zurück wie jemand, der einen Schlag gegen die Brust erhalten hat. In zehn Metern Entfernung zur Böschung ertrank im Fluss ein Kätzchen, das abwechselnd unterging und auftauchte.

Das arme kleine Tier unternahm die verzweifeltsten Versuche, das Ufer zu erreichen, doch jedesmal, wenn sein Kopf sich über dem Wasser zeigte, wurde er von einem der Steinwürfe der Schlingel, die sich an diesem Todeskampf delektierten, wieder zum Verschwinden gebracht. Die ungezogenen Kinder wetteiferten miteinander und warfen um die Wette, und als ein besonders guter Wurf das elende Tier traf, erfolgte auf dem Kai ein Tumult des Gelächters und freudigen Getrampels. Auf einmal traf ein spitzer Stein mitten gegen die Stirn des Tiers, und eine dünne Blutspur zeigte sich in dem weißen Fell. Daraufhin verfielen die Henker in einen Rausch des Geschreis und der Begeisterung, der unversehens panischem Schrecken wich. Leichenblass, vor Zorn bebend, nichts achtend, was ihm in den Weg kam, mit stampfenden Füßen und drohenden Fäusten, hatte der Doktor sich in den Schwarm von Kindern gestürzt wie ein Wolf in eine Schafherde. Das Entsetzen war so groß, und die Flucht erfolgte so schnell, dass eines der Kinder sich vor Furcht und Schrecken in den Fluss stürzte und unterging. Sogleich entledigte Héraclius sich seines Gehrocks, seiner Schuhe und stürzte sich seinerseits in die Fluten. Man sah ihn einige Augenblicke mit kräftigen Schlägen schwimmen, das Kätzchen packen, das zu ertrinken drohte, und siegreich das Ufer gewinnen. Dann setzte er sich auf einen Grenzstein, säuberte, küsste und liebkoste das kleine Wesen, das er dem Tod entrissen hatte, nahm es liebevoll wie einen Sohn in die Arme, ohne auf das Kind zu achten, das zwei Schiffer gerettet hatten, und ohne sich um den Aufruhr zu scheren, der hinter ihm ausbrach, und lief nach Hause, so schnell er konnte, und ließ Schuhe und Gehrock auf dem Kai zurück.

Leser, diese Geschichte führt Ihnen vor Augen,
Was geschieht, wenn man die Tierliebe übertreibt
Und einer Katze den Vorzug gibt vor dem Menschen
Und damit den Zorn seiner Nachbarn erregt.
Denn viele Wege mögen führen nach Rom,
Doch ins Irrenhaus führt die Seelenwanderung.

Étoile de Balançon

Zwei Stunden später drängte sich eine riesige Menge unter wüstem Geschrei vor den Fenstern des Doktor Héraclius Gloss. Bald darauf zerschmetterte ein Steinhagel seine Fensterscheiben, und die Menge wollte die Türen erstürmen, als am Ende der Straße die Gendarmen erschienen. Nach und nach trat Ruhe ein; und zuletzt zerstreute sich die Menge; doch bis zum nächsten Tag blieben zwei Gendarmen vor dem Haus des Doktors stationiert.

Dieser verbrachte den Abend in einem Zustand außergewöhnlicher Erregung. Den Furor des Pöbels erklärte er sich mit den hinterlistigen Ränken der Priester gegen ihn und mit dem Hassausbruch, den jede neue Religion unter den Dienern des alten Bekenntnisses zwangsläufig auslöst. In seiner Begeisterung sah er sich als Märtyrer, bereit, seinen Glauben vor den Henkersknechten zu bekennen. Alle Tiere, die man in diesem Zimmer unterbringen konnte, ließ er in seine Studierstube bringen, und die aufgehende Sonne überraschte ihn dabei, wie er zwischen seinem Hund, einer Ziege und einem Schaf schlummerte und die kleine Katze, die er gerettet hatte, an sein Herz drückte.

Ein lauter Schlag an die Haustür weckte ihn, und Honorine führte einen Herrn von äußerst ernstem Gebaren herein, dem zwei Sicherheitspolizisten folgten. Hinter ihnen versteckte sich der Arzt der Präfektur. Der ernste Herr gab sich als Polizeikommissar zu erkennen und bat Héraclius höflich, ihm zu folgen; dieser gehorchte in großer seelischer Bewegung. Vor dem Tor wartete ein Wagen, und man hieß ihn einsteigen. Héraclius saß neben dem Kommissar, dem Arzt und einem der Polizisten gegenüber, während der andere sich neben den Kutscher gesetzt hatte, und er sah, dass sie die Rue des Juifs entlang fuhren, über den Platz vor dem Rathaus, dann über den Boulevard de la Pucelle, und dass sie zuletzt vor einem großen, düster wirkenden Gebäude anhielten, auf dessen Portal das Wort «Irrenanstalt» zu lesen war. Auf einmal enthüllte sich ihm, in welche Falle er geraten war; er erkannte die grauenhafte Schläue seiner Widersacher, und unter Konzentration all seiner Kräfte versuchte er sich aus dem Wagen auf die Straße zu stürzen; zwei starke Hände zwangen ihn auf seinen Sitz zurück. Daraufhin entbrannte ein schreckliches Handgemenge zwischen ihm und seinen drei Wärtern; er wehrte sich, wand sich, biss, brüllte vor blindwütigem Zorn; doch schließlich spürte er, dass man ihn zu Boden drückte, fesselte und in das schaurige Haus trug, dessen große Tür sich mit unheilvollem Geräusch hinter ihm schloss.

Man führte ihn in eine enge Zelle von merkwürdiger Beschaffenheit. Kamin, Fenster und Spiegel waren vergittert, das Bett und der einzige Stuhl waren mit Eisenketten am Fußboden verankert. Es gab kein Möbelstück, das der Bewohner dieses Kerkers hätte ergreifen und bewegen können. Im übrigen zeigte sich in der Folge, dass diese Vorkehrungen keineswegs überflüssig waren. Kaum sah der Doktor sich in dieser völlig neuen Behausung, überließ er sich dem Zorn, der ihn zu ersticken drohte. Er versuchte die Möbel zu zerschmettern, die Gitter abzureißen und die Fensterscheiben einzuschlagen. Als er erkannte, dass ihm dies nicht gelingen konnte, wälzte er sich auf dem Boden und stieß ein so entsetzliches Geheul aus, dass zwei Männer in Kitteln und mit Käppchen wie Uniformmützen unversehens hereinkamen, gefolgt von einem großen kahlköpfigen Herrn, von Kopf bis Fuß schwarz gekleidet. Auf ein Zeichen dieser Person stürzten die zwei Männer sich auf Héraclius und steckten ihn im Handumdrehen in eine Zwangsjacke; dann sahen sie den Herrn in Schwarz an. Dieser betrachtete den Doktor einen Augenblick lang und wendete sich mit den Worten: «Zu den Duschen» an seine Helfershelfer. Daraufhin wurde Héraclius in einen großen kalten Raum geschafft, in dessen Mitte sich ein leeres Becken befand. Er wurde entkleidet, wobei er noch immer schrie, und wurde in die große Wanne gesetzt; und bevor er sich umsehen konnte, erstickte ihn beinahe der grauenhafteste Schwall eisigkalten Wassers, der jemals auf die Schultern eines Sterblichen fiel, selbst in den allernördlichsten Gefilden. Héraclius verstummte auf der Stelle. Der schwarzgekleidete Herr betrachtete ihn wieder; er fühlte ihm feierlich den Puls und sagte dann: «Noch eine.» Eine zweite Dusche ergoss sich von der Zimmerdecke, und der Doktor duckte sich fröstelnd, nach Luft schnappend, keuchend in seiner eisigen Badewanne. Dann wurde er fortgebracht, in warme Decken gehüllt und in das Bett in seiner Zelle gelegt, wo er fünfunddreißig Stunden lang tief und fest schlief.

Am Morgen darauf erwachte er mit ruhigem Puls und unbeschwertem Kopf. Er dachte kurz über seine Lage nach, und dann begann er in seinem Manuskript zu lesen, das er vorsorglich mitgenommen hatte. Bald kam der schwarzgekleidete Herr. Ein gedeckter Tisch wurde gebracht, und sie speisten miteinander. Der Doktor hatte sein Duschbad am Vortag nicht vergessen und betrug sich überaus ruhig und überaus höflich; ohne ein Wort über den Gegenstand zu verlieren, der ihm dieses Missgeschick ein gebracht hatte, plauderte er lange aufs Interessanteste und gab sich alle Mühe, seinem Gastgeber zu beweisen, dass er geistig so gesund war wie die sieben Weisen der griechischen Antike.

Als der schwarze Herr sich verabschiedete, bot er Héraclius einen Spaziergang im Garten des Etablissements an. Dieser Garten war ein großer quadratischer, mit Bäumen bepflanzter Hof. Etwa fünfzig Personen ergingen sich darin; die einen lachten, schrien und hielten Ansprachen, die anderen waren ernst und schwermütig.

Als Erstes fiel dem Doktor ein großgewachsener Mann mit langem Bart und langen weißen Haaren auf, der gesenkten Kopfs allein fürbass wandelte. Ohne dass er den Grund dafür gewusst hätte, interessierte ihn das Schicksal dieses Mannes, und im selben Augenblick hob der Unbekannte den Kopf und richtete einen aufmerksamen Blick auf Héraclius. Dann gingen sie aufeinander zu und begrüßten sich feierlich. Und dann entspann sich ein Gespräch. Der Doktor erfuhr, dass sein Gefährte Dagobert Félorme hieß und am Gymnasium von Balançon lebende Sprachen lehrte. Nichts am Denken dieses Mannes erschien ihm verrückt, und er fragte sich, was ihn an einen solchen Ort gebracht haben mochte, als der andere plötzlich innehielt, Héraclius an der Hand ergriff, sie kräftig drückte und ihn mit leiser Stimme fragte: «Glauben Sie an die Seelenwanderung?» Der Doktor schwankte und begann zu stottern; ihre Blicke begegneten sich, und sekundenlang standen beide da und sahen einander an. Dann wurde Héraclius von seinen Gefühlen übermannt, Tränen traten ihm in die Augen – er breitete die Arme aus, und sie umarmten einander. Daraufhin tauschte man sich vertraulich aus, und schon bald wussten sie, dass das gleiche Licht sie erhellt, die gleiche Doktrin sie beseelte. In keinem Punkt waren sie unterschiedlicher Meinung. Doch je mehr dem Doktor diese verblüffende Übereinstimmung ihres Denkens auffiel, desto deutlicher empfand er ein sonderbares Unbehagen; es war ihm, als schrumpfte er selbst in seinen Augen im gleichen Maße, in dem der Unbekannte darin an Statur gewann. Eifersucht zerfraß ihm das Herz.

Auf einmal rief der andere: «Die Seelenwanderung bin ich; ich habe das Gesetz der Weiterentwicklung der Seelen entdeckt, ich habe die Geschicke der Menschen ergründet. Ich war Pythagoras.» Der Doktor erstarrte, bleicher als ein Leichentuch. «Verzeihung», sagte er, «Pythagoras bin ich.» Und wieder sahen sie einander an. Der andere fuhr fort: «Ich war nacheinander Philosoph, Architekt, Soldat, Bauer, Mönch, Feldmesser, Arzt, Dichter und Seemann.»

«Ich auch», sagte Héraclius.

«Ich habe die Geschichte meines Lebens auf Lateinisch, auf Griechisch, auf Deutsch, auf Italienisch, auf Spanisch und auf Französisch geschrieben», rief der Unbekannte. Héraclius erwiderte: «Ich auch.» Beide verstummten, und ihre Blicke kreuzten sich, scharf wie Degenspitzen. «Im Jahre 184», eiferte sich der andere, «lebte ich in Rom und war Architekt.» Darauf holte der

Doktor, der heftiger zitterte als ein Blatt im Herbststurm, sein geliebtes Dokument aus der Tasche und wedelte es wie eine Waffe vor der Nase seines Opponenten. Dieser tat einen Sprung rückwärts. «Mein Manuskript», brüllte er, und er streckte den Arm aus, um es zu ergreifen. «Es gehört mir», rief Héraclius, und mit überraschender Behendigkeit hob er den Gegenstand des Streits über seinen Kopf, wechselte hinter dem Rücken die Hand und vollführte zahllose Manöver, eines verblüffender als das andere, um ihn der erbitterten Verfolgung durch seinen Rivalen zu entziehen. Letzterer fletschte die Zähne, stampfte mit den Füßen und brüllte: «Dieb! Dieb! Dieb!» Zuletzt gelang es ihm mittels eines ebenso schnellen wie geschickten Manövers, einen Fetzen des Papiers zu ergreifen, das Héraclius ihm vorenthalten wollte. Für einige Sekunden rissen beide an dem Papier mit gleich großer Wut und Kraft, und da keiner der beiden nachgeben wollte, beendete das Manuskript, das ihre körperliche Verbindung darstellte, den Kampf so weise, wie der selige König Salomon es nicht besser hätte tun können, indem es sich aus freien Stücken in zwei gleiche Teile trennte, was den kriegerischen Parteien erlaubte, sich schnell in zehn Fuß Entfernung voneinander hinzusetzen und ihre halbe Siegesbeute mit verkrampften Händen zu umklammern.

Sie blieben sitzen, beäugten einander aber erneut wie zwei gegnerische Mächte, die ihre Kräfte erwogen haben und noch zögern, bevor sie wieder handgreiflich werden.

Dagobert Félorme eröffnete die Feindseligkeiten aufs Neue. «Der Beweis, dass ich der Verfasser dieses Manuskripts bin», sagte er, «ist, dass ich vor Ihnen davon Kenntnis hatte.» Héraclius schwieg.

Der andere fuhr fort: «Der Beweis, dass ich der Verfasser dieses Manuskripts bin, ist, dass ich es Ihnen von vorne bis hinten auswendig aufsagen kann, in allen sieben Sprachen, in denen es verfasst wurde.»

Héraclius schwieg noch immer. Er dachte nach. In seinem Geist ereignete sich eine Umwälzung. Kein Zweifel war möglich, der Sieg gebührte seinem Rivalen; doch dieser Verfasser, den er mit aller Macht herbeibeschworen hatte, erregte in ihm nun einen Unwillen, als wäre er ein falscher Gott. Denn da er nunmehr selbst nichts anderes war als ein entthronter Gott, lehnte er sich gegen die Gottheit auf. Solange er sich nicht als Verfasser des Manuskripts gewähnt hatte, hatte er sich nichts mehr ersehnt, als diesen zu erblicken; doch von dem Tag an, an dem er zu dem Schluss gelangt war: «Ich habe dies geschrieben, ich selbst bin die Seelenwanderung», konnte er sich nicht mehr damit abfinden, dass ein anderer seinen Platz einnahm. Vergleichbar jenen, die ihre Häuser lieber abbrennen, als sie von einem anderen bewohnt zu wissen, verbrannte er den Tempel und den Gott, verbrannte er die Seelenwanderung, sobald ein Unbekannter den Altar bestieg, den er sich selbst errichtet hatte. Und nach langem Schweigen sagte er langsam und gewichtig: «Sie sind wahnsinnig.» Bei diesen Worten sprang sein Widersacher auf wie ein Rasender, und ein neuer Kampf wäre entbrannt, erbitterter als der vorherige, wenn die Wärter nicht herbeigelaufen wären und die zwei Erneuerer der Religionskriege in ihre jeweiligen Behausungen verfrachtet hätten.

Etwa einen Monat lang verließ der Doktor sein Zimmer nicht; er verbrachte seine Tage allein, den Kopf in die Hände gestützt, in tiefes Nachdenken versunken. Der Herr Dekan und der Herr Rektor besuchten ihn von Zeit zu Zeit, und mittels geschickter Vergleiche und zarter Anspielungen unterstützten sie behutsam das, was sich in seinem Geist tat. So konnten sie ihm mitteilen, dass ein gewisser Dagobert Félorme, Lehrer für Sprachen am Gymnasium von Balançon, verrückt geworden war, als er einen philosophischen Traktat über die Lehre des Pythagoras, des Aristoteles oder des Platon verfertigte, einen Traktakt, von dem er sich einbildete, er habe ihn zur Zeit des Herrschers Commodius zu schreiben begonnen.

Zu guter Letzt war der Doktor eines schönen und sonnigen Morgens zu Sinnen gekommen, war wieder der Héraclius alter Zeiten, er schüttelte seinen zwei Freunden lebhaft die Hand und verkündete ihnen, er habe für alle Zeiten mit der Seelenwanderung abgeschlossen, mit seiner Wiedergutmachung für das tierische Leben und mit seinen Wiedereinkörperungen, und er schlage sich an die Brust in Anerkennung seines Irrtums.

Acht Tage später öffneten sich die Tore der Anstalt für ihn.

XXIX Wie man bisweilen von den Fängen
der Charybdis in die der Skylla geraten kann.

Als der Doktor das schicksalsträchtige Haus verließ, verharrte er einen Augenblick lang auf der Schwelle und atmete die Luft der Freiheit tief ein. Dann machte er sich mit seinem früheren unbeschwerten Schritt auf den Weg zu seinem Zuhause. Er war seit etwa fünf Minuten unterwegs, als ein Straßenjunge ihn erblickte und plötzlich einen langen Pfiff ertönen ließ, dem ein ähnliches Pfeifen aus einer benachbarten Straße sogleich antwortete. Und schon kam ein zweiter Schlingel herbeigerannt, und der erste zeigte seinem Kameraden Héraclius und rief, so laut er konnte: «Der Mann mit den Tieren, der aus dem Irrenhaus kommt», und beide marschierten hinter dem Doktor her und ahmten mit bemerkenswerter Fertigkeit die Laute aller bekannten Tiere nach. Ein Dutzend weitere Rotzlöffel gesellte sich ihnen bald hinzu, und sie alle begleiteten den ehemaligen Seelenwanderer als ebenso lärmende wie störende Eskorte. Einer von ihnen ging zehn Schritt vor dem Doktor und trug als Standarte einen Besenstiel, an dessen Ende er ein Kaninchenfell befestigt hatte, das er vermutlich an einer Straßenecke gefunden hatte; drei andere folgten ihm und gestikulierten, als rührten sie Trommeln, und ihnen folgte der fassungslose Doktor, der seinen Gehrock um sich raffte, den Hut über die Augen gezogen hatte und aussah wie ein General mitten in seinem Heer. Hinter ihm lief die Bande der Taugenichtse, vollführte Sprünge, schlug Räder, kreischend, schreiend, bellend, miauend, wiehernd, muhend, krähend und unter tausend anderen lustigen Einfällen zum großen Vergnügen der Bürger, die sich auf ihren Türschwellen einfanden. Voll schrecklicher Scham ging Héraclius immer schneller. Plötzlich lief ihm ein streunender Hund vor die Füße. Unmäßiger Zorn erfüllte den Doktor, und er versetzte dem armen Tier, das er in früheren Zeiten zärtlich begrüßt hätte, einen so fürchterlichen Fußtritt, dass dieses vor Schmerz laut aufjaulte und weglief. Abscheulicher Beifall ertönte um Héraclius, und vollends kopflos lief er nun, so schnell er konnte, noch immer von seinem teuflischen Hofstaat verfolgt.

Die Bande tobte wie ein Wirbelwind über die Hauptstraßen der Stadt und brandete an das Haus des Doktors; und dieser sah die Pforte offen, stürzte hinein und schloss sie hinter sich, eilte noch immer im Laufschritt in seine Studierstube, wo ihn sein Affe empfing, der ihm als Willkommensgruß die Zunge herausstreckte. Dieser Anblick ließ ihn zurückweichen, als wäre ihm ein Gespenst erschienen. Sein Affe war die lebende Erinnerung an all seine Missgeschicke, einer der Ursprünge seines Wahnsinns, der Demütigungen und Kränkungen, die er erlitten hatte. Er ergriff einen eichenen Schemel, der in der Nähe stand, und zerschmetterte mit einem Schlag den Schädel des elenden Vierfüßlers, der zu Füßen seines Mörders wie ein Fleischklumpen niedersank. Und von dieser Hinrichtung erleichtert, ließ der Doktor sich in einen Sessel sinken und knöpfte seinen Überrock auf.

Daraufhin erschien Honorine, die vor Freude über das Kommen ihres Herrn schier überwältigt war. Vor Freude umarmte sie ihn und küsste ihn auf beide Wangen, wobei sie den Unterschied zwischen Herrschaft und Dienerschaft außer Acht ließ, den die guten Sitten verlangten; und wofür ihr der Doktor, wie es hieß, seinerzeit das Beispiel gegeben hatte.

Aber die Bande der Gassenjungen hatte sich nicht zerstreut und veranstaltete vor dem Haus ein so fürchterliches Getöse, dass Héraclius sich verstimmt in seinen Garten begab.

Ein schrecklicher Anblick wurde ihm zuteil.

Honorine, die ihren Herrn treulich liebte, obwohl sie seinen Irrsinn beklagte, hatte ihm anlässlich seiner Rückkehr eine erfreuliche Überraschung bereiten wollen. Wie eine Mutter hatte sie über das Leben aller Tiere gewacht, die in diesem Haushalt versammelt worden waren, und dank der Fruchtbarkeit, die allen Tieren eignet, bildete der Garten nun ein Schauspiel, wie es nach dem Zurückweichen der Sintflut das Innere der Arche geboten haben mag, in der Noah alle lebenden Arten versammelt hatte. Es war ein wirres Durcheinander, ein Gewimmel von Tieren, unter und hinter dem Bäume und Steine, Pflanzen und Erdboden verschwanden. Die Äste und Zweige bogen sich unter dem Gewicht der Heerscharen von Vögeln, und darunter badeten Hunde, Katzen, Ziegen, Schafe, Hühner, Enten und Truthühner im Staub. Ein vielstimmiges Lärmen erfüllte die Luft, das sich in keiner Weise von dem Geschrei der Rotte von Gassenjungen auf der Straße unterschied.

Bei diesem Anblick konnte Héraclius nicht mehr an sich halten. Er packte einen Spaten, der an einer Mauer lehnte, und den berühmten Kriegern vergleichbar, deren Taten Homer uns schildert, hüpfte er vor und zurück, schlug nach links und nach rechts, Erbitterung im Herzen und Schaum vor den Zähnen, und veranstaltete ein grauenhaftes Massaker unter all seinen wehrlosen Freunden. Die erschrockenen Hühner flogen über die Gartenmauern davon, die Katzen kletterten in die Bäume. Kein Tier wurde verschont; es war ein unvorstellbares Tohuwabohu. Und als der Boden von Kadavern übersät war, hielt Héraclius endlich ermattet inne und schlief wie ein siegreicher General auf der Stätte des Gemetzels ein.

Am nächsten Tag hatte sein Zornesrausch sich gelegt, und er wollte einen Spaziergang durch die Stadt machen. Doch kaum überschritt er die Schwelle seines Hauses, als die Straßenjungen, die sich auf die Lauer gelegt hatten, zu seiner Verfolgung ansetzten, riefen: «Uh, uh, uh, der Mann mit den Tieren, der Freund von den Tieren!», und ihr Geschrei vom Vortag mit zahllosen Variationen wieder aufnahmen.

Der Doktor beendete seinen Spaziergang vorzeitig. Der Zorn drohte ihm die Luft abzudrücken, und weil er sich an den Menschen nicht schadlos halten konnte, schwor er allen Tieren unversieglichen Hass und unermüdlichen Krieg. Von da an kannte er nur noch eine Begierde, nur noch ein Ziel, nur noch eine unablässige Sorge: Tiere zu töten. Von früh bis spät lauerte er ihnen auf, spannte Netze in seinem Garten, um darin Vögel zu fangen, stellte Fallen in den Dachrinnen, um die Katzen aus der Nachbarschaft zu erlegen. Seine immer geöffnete Tür verlockte mit Leckerbissen die vorbeistreunenden Hunde und schloss sich abrupt, wenn ein unvorsichtiges Opfer der Versuchung erlag. Bald wurden allenthalben Beschwerden gegen ihn laut. Der Polizeikommissar verwarnte ihn mehrmals persönlich, dass er diesen blindwütigen Krieg einzustellen habe. Er wurde mit Gerichtsverfahren überzogen; doch nichts konnte seinem Rachedurst Einhalt gebieten. Schließlich war die Empörung einhellig. Ein zweiter Aufruhr erschütterte die Stadt, und zweifellos wäre Héraclius von der Menge übel mitgespielt worden, wenn die bewaffneten Diener der Obrigkeit nicht eingeschritten wären. Alle Ärzte von Balançon wurden in die Präfektur vorgeladen und erklärten den Doktor Héraclius Gloss einstimmig für wahnsinnig. Und zum zweiten Mal durchquerte er die Stadt zwischen zwei Polizeibeamten und sah, wie sich hinter ihm die schwere Tür des Gebäudes mit der Aufschrift «Irrenanstalt» schloss.

XXX *Warum das Sprichwort «je mehr Verrückte,*
     desto lustiger» nicht immer zutreffend ist.

Am nächsten Tag begab er sich in den Hof der Anstalt, und die erste Person, die er erblickte, war der Verfasser des Manuskripts über die Seelenwanderung. Die beiden Feinde gingen aufeinander zu und maßen einander mit Blicken. Um sie bildete sich ein Kreis aus Neugierigen. Dagobert Félorme rief: «Das ist der Mann, der mir mein Lebenswerk rauben wollte, der mir den Ruhm meiner Entdeckung rauben wollte!» Gemurmel wurde unter den Zuhörern laut. Héraclius gab zurück: «Und das da ist der Mann, der behauptet, die Tiere seien Menschen und die Menschen Tiere.» Dann begannen beide gleichzeitig zu sprechen, wurden immer erregter und gingen wie bei ihrer ersten Begegnung bald zu Handgreiflichkeiten über. Die Zuschauer trennten sie.

Von diesem Tag an machten beide sich mit staunenswerter Hartnäckigkeit und Beharrlichkeit daran, Trüppchen von Anhängern um sich zu scharen, und kurze Zeit darauf war die gesamte Anstalt in zwei Parteien geteilt, entzweit, unerbittlich und so unversöhnlich, dass kein Anhänger der Seelenwanderung einem seiner Gegner begegnen konnte, ohne dass ein schrecklicher Kampf entbrannte. Um blutige Auseinandersetzungen zu vermeiden, sah der Leiter der Anstalt sich gezwungen, beiden Parteien bestimmte Uhrzeiten für den Spaziergang vorzuschreiben, denn seit den Tagen der Guelfen und Ghibellinen hatte kein so hartnäckiger Hass zwei rivalisierende Sekten angetrieben. Dank dieser Vorsichtsmaßnahme lebten die zwei Anführer der verfeindeten Stämme glücklich und geliebt in der Achtung, im Gehorsam und in der Verehrung ihrer Jünger.

Bisweilen reißt das Geheul eines Hundes, der um das Haus streicht, Héraclius und Dagobert aus dem Schlaf: Es ist der treue Pythagore, der wie durch ein Wunder dem Rachewerk seines Herrn entkam, dessen Fährte bis zur Schwelle seines neuen Zuhauses gefolgt ist und nun Einlass in dieses Haus zu erlangen sucht, in das nur Menschen eintreten dürfen.

WAHNSINNIG?

Bin ich wahnsinnig? oder nur eifersüchtig? Ich weiß es nicht, aber ich habe schrecklich gelitten. Ich habe eine Tat des Wahnsinns begangen, des entfesselten Wahnsinns, gewiss; doch die hechelnde Eifersucht, die maßlose, die verratene, die fatale Liebe, der unerträgliche Schmerz, die mich quälen – wäre all das nicht genug, um einen Verbrechen und Wahnsinnstaten begehen zu lassen, ohne dass man in Herzen oder Hirn ein Verbrecher wäre?

Oh! Ich habe gelitten und gelitten, unablässig, schmerzlich, unerträglich. Ich habe diese Frau mit unbezähmbarer Leidenschaft geliebt ... Aber ist das wahr? Habe ich sie geliebt? Nein, nein, nein. Sie hat meine Seele und meinen Körper beherrscht, unterworfen, versklavt. Ich war, ich bin ihr Gegenstand, ihr Spielzeug. Ich bin abhängig von ihrem Lächeln, ihrem Mund, ihrem Blick, den Formen ihres Körpers, der Form ihres Gesichts; ich keuche unter der Herrschaft ihrer äußerlichen Erscheinung; doch *sie*, die Frau hinter alledem, das Wesen, das diesem Körper innewohnt, hasse ich, verachte ich, verabscheue ich, und ich habe sie schon immer gehasst, verachtet und verabscheut, denn sie ist hinterlistig, unmenschlich, unrein und unzüchtig; sie ist die *Frau der Verdammnis*, das sinnliche und hinterlistige Tier, dessen Seele und dessen Denken nie von freier und belebender Luftigkeit sind; sie ist das Tier im Menschen und weniger als das: Sie ist nur ein Schoß, ein Wunderwerk weichen und runden Fleisches, in dem die Niedertracht ihren Sitz hat.

Die erste Zeit unserer Liebschaft war befremdlich und entzückend. In ihren stets offenen Armen erschöpfte ich mich in der Raserei unstillbaren Verlangens. Ihre Augen öffneten mir den Mund, als hätten sie mir Durst gemacht. Mittags waren sie grau, gegen Abend grün schattiert und bei Sonnenaufgang blau. Ich bin nicht wahnsinnig: Ich schwöre, dass sie diese drei Färbungen hatten.

Wenn wir uns liebten, waren sie blau, wie verwundet, mit riesigen, unsteten Pupillen. Ihre Lippen, die leicht zitterten, entblößten bisweilen die rosige und feuchte Zungenspitze, die wie die Zunge eines Reptils zuckte; und ihre schweren Lider hoben sich langsam und enthüllten den feurigen und matten Blick, der mir den Verstand raubte.

Wenn ich sie in die Arme schloss, sah ich in ihre Augen und erbebte, geschüttelt von dem zwiefachen Bedürfnis, dieses Tier zu töten und es ohne Unterlass zu besitzen.

Wenn sie durch mein Zimmer ging, erschütterte jeder ihrer Schritte mein Herz; und wenn sie sich allmählich entkleidete, ihr Kleid zu Boden gleiten ließ und abscheulich und strahlend der Unterwäsche entstieg, die zerknittert um sie herumlag, dann spürte ich in allen Gliedern, die Arme entlang, die Beine entlang und in meiner atemlosen Brust, eine unendliche und schändliche Schwäche.

Eines Tages bemerkte ich, dass sie meiner überdrüssig war. Ich sah es beim Erwachen in ihrem Auge. Über sie gebeugt, wartete ich jeden Morgen auf diesen ersten Blick. Ich erwartete ihn voller Wut, Hass und Verachtung angesichts dieses schlafenden rohen Viehs, dessen Sklave ich war. Doch sobald das helle Blau ihrer Pupille sichtbar wurde, so klar wie Wasser, schmachtend, entkräftet, ermattet von den Zärtlichkeiten der nur kurz zurückliegenden Augenblicke, dann war mir, als verzehrte mich eine brennende Flamme, die mein Begehren entfachte. Als sie an jenem Tag die Augen öffnete, sah ich einen gleichgültigen und trübsinnigen Blick ohne jedes Verlangen.

Oh! Ich sah es, ich wusste es, ich spürte es, ich begriff es auf der Stelle. Es war vorbei, vorbei für alle Zeiten. Und zu jeder Stunde, in jeder Sekunde wurde es mir bewiesen.

Wenn ich sie mit Armen und Lippen an mich zog, wendete sie sich verdrießlich ab und murmelte: «Lassen Sie mich doch!», oder: «Sie fallen mir lästig!», oder auch: «Habe ich denn nie meine Ruhe?»

Daraufhin wurde ich eifersüchtig, aber eifersüchtig wie ein Hund, schlau, misstrauisch und arglistig. Ich wusste, dass sie bald genug ihr altes Leben wieder aufnehmen würde, dass ein anderer ihre Sinne wieder zum Leben erwecken würde.

Ich war rasend vor Eifersucht; aber ich bin nicht wahnsinnig; nein, ganz gewiss nicht, nein.

Ich wartete; oh, ich belauschte sie; sie hätte mich nicht täuschen können; doch sie blieb kalt, wie im Schlaf. Bisweilen sagte sie: «Die Menschen sind mir zuwider.» Und so war es.

Und daraufhin wurde ich auf alles an ihr eifersüchtig, eifersüchtig auf ihre Gleichgültigkeit, eifersüchtig auf die Einsamkeit ihrer Nächte, eifersüchtig auf ihre Bewegungen, auf ihre Gedanken, die ich mir immer schändlich vorstellte, eifersüchtig auf alles, was mir vorschwebte. Und wenn sie bisweilen beim Erwachen den weichen Blick hatte, der einst unsere leidenschaftlichen Nächte besiegelte, als hätte eine böse Begierde ihre Seele heimgesucht und ihr Verlangen angestachelt, erstickten mich schier Zorn, hilflose Empörung, der unbeherrschbare Wunsch, sie zu erdrosseln, sie mit dem Knie zu Boden zu zwingen, sie zu würgen und dazu zu zwingen, alle schändlichen Geheimnisse ihres Herzens zu offenbaren.

Bin ich wahnsinnig? – Nein.

Eines Abends spürte ich, dass sie glücklich war. Ich spürte, dass eine neue Leidenschaft sie belebte. Ich war mir dessen sicher, unstreitig sicher. Sie war erregt wie nach meinen Umarmungen; ihr Auge strahlte, ihre Hände waren warm, ihr ganzer bebender Körper verströmte den Dunst der Liebe, der mich so bezirzt hatte.

Ich stellte mich ahnungslos, doch meine Aufmerksamkeit umwickelte sie wie ein Netz.

Dennoch konnte ich nichts entdecken.

Ich wartete eine Woche lang ab, einen Monat, eine Jahreszeit. Sie erblühte in der Entfaltung einer unbegreiflichen Leidenschaft; sie beruhigte sich im Glück einer unfassbaren Zärtlichkeit.

Und auf einmal erriet ich es! Ich bin nicht wahnsinnig. Ich schwöre es, ich bin nicht wahnsinnig!

Wie soll ich es sagen? Wie soll ich Verständnis heischen? Wie soll ich dieses Unvorstellbare und Unbegreifliche ausdrücken?

Hier nun, wie ich es erfuhr.

Eines Abends, wie ich bereits sagte, eines Abends, als sie von einem langen Ausritt zurückkam, ließ sie sich mit geröteten

Wangen, wogendem Busen, müden Beinen und matten Blicks mir gegenüber auf ein Ruhesofa fallen. Diesen Anblick kannte ich! Sie liebte! Ich täuschte mich gewiss nicht!

Und völlig außer mir wendete ich mich zum Fenster, um sie nicht mehr sehen zu müssen, und sah, wie ein Lakai ihr großes Pferd, das sich aufbäumte, am Zaum zum Stall führte.

Auch ihr Blick folgte dem feurigen und widerspenstigen Tier. Und als es nicht mehr zu sehen war, schlief sie auf der Stelle ein.

Ich überlegte die ganze Nacht hindurch; und mir war, als ergründete ich Geheimnisse, die ich nie zuvor vermutet hatte. Wer wollte jemals die Verirrungen der weiblichen Sinnlichkeit ergründen? Wer wollte ihre unbegreiflichen Launen ergründen und die befremdliche Befriedigung der befremdlichsten Gelüste?

Jeden Morgen ritt sie bei Sonnenaufgang im Galopp davon, auf die Wiesen und in die Wälder; und jedes Mal kam sie erschöpft zurück, erschöpft wie von leidenschaftlichen Liebesbegegnungen.

Ich wusste Bescheid! Meine Eifersucht richtete sich nunmehr auf das kraftvoll galoppierende Pferd, auf den Wind, der ihr Gesicht liebkoste, wenn sie von einem wahnwitzigen Ritt zurückkam, auf die Blätter, die im Vorbeireiten ihre Ohren küssten, auf die Sonnensprenkel, die durch die Zweige auf ihre Stirn fielen, und auf den Sattel, der sie trug und den sie mit dem Schenkel bezwang.

All das machte sie glücklich, begeisterte sie, beglückte sie, ermattete sie und machte sie für mich danach fühllos und schier unzugänglich.

Ich beschloss, mich zu rächen. Ich war sanftmütig und voller

Aufmerksamkeit. Ich reichte ihr die Hand, wenn sie nach ihren wilden Ritten absteigen wollte. Das Tier trat wie besinnungslos nach mir aus; sie tätschelte seinen aufgebäumten Hals und küsste seine bebenden Nüstern, ohne sich danach den Mund abzuwischen; und der Duft ihres Körpers, verschwitzt wie nach der Wärme des Betts, mischte sich in meiner Nase mit dem herben und animalischen Geruch des Pferdes.

Ich passte Tag und Stunde ab. Sie nahm jeden Morgen den gleichen Weg durch einen Birkenhain, der in den Wald überging.

Ich war vor Sonnenaufgang unterwegs, ein Seil in der Hand und meine Pistolen an der Brust verborgen, als wollte ich mich duellieren.

Ich lief zu ihrem Lieblingsweg; ich spannte das Seil zwischen zwei Bäumen; dann verstecke ich mich im hohen Gras.

Ich presste das Ohr an den Boden; in der Ferne hörte ich sie galoppieren; dann erspähte ich sie dort unter den Blättern wie am Ende eines Gewölbes, und sie preschte heran. Oh! Ich hatte mich nicht getäuscht, ich hatte es erraten! Sie war wie im Sinnestaumel, die Wangen gerötet, Raserei im Blick; und die schnelle Bewegung des Ritts versetzte ihre Nerven in einen Zustand einsamer und übermäßiger Wonne.

Das Tier geriet mit den Vorderbeinen gegen meine Falle und wälzte sich mit gebrochenen Beinen am Boden. Sie fing ich in meinen Armen auf. Ich bin stark genug, einen Ochsen zu tragen. Und als ich sie am Boden abgesetzt hatte, näherte ich mich Ihm, der uns beobachtete; und während er mich abermals zu beißen trachtete, steckte ich ihm eine Pistole ins Ohr … und tötete ihn … wie einen Menschen.

Doch ich stürzte zu Boden, das Gesicht von zwei Peitschen-hieben zerschnitten; und als sie sich erneut auf mich stürzte, schoss ich ihr die zweite Kugel in den Bauch.

Sagen Sie mir, bin ich wahnsinnig?

EIN WAHNSINNIGER

Er war als Vorsitzender eines hohen Gerichts gestorben, als unbescholtener Justizbeamter, dessen vorbildliche Lebensführung an allen französischen Gerichtshöfen sprichwörtlich war. Advokaten, junge Referendare und Richter grüßten mit tiefer Verbeugung als Zeichen ihrer tiefen Achtung sein großes bleiches und mageres Gesicht, in dem zwei funkelnde und unergründliche Augen blitzten.

Er hatte sein Leben damit zugebracht, das Verbrechen zu verfolgen und die Schwachen zu beschützen. Gauner und Mörder hatten keinen gefährlicheren Feind gekannt, denn er schien am Grund ihrer Seelen ihre geheimsten Gedanken zu lesen und im Handumdrehen alle Geheimnisse ihrer Vorhaben zu entwirren.

Er war also gestorben, im Alter von zweiundachtzig Jahren, inmitten von Ehrenbezeigungen und dem Beileid eines ganzen Volkes. Soldaten in roten Hosen hatten ihn zu seinem Grab eskortiert, und Männer mit weißer Halsbinde hatten über seinen Sarg kummervolle Worte ergossen und Tränen, die nicht geheuchelt wirkten.

Hier nun das befremdliche Schriftstück, das der vom Kummer überwältigte Notar in dem Sekretär entdeckte, in dem der

Verstorbene die Akten besonders berüchtigter Verbrecher unter-
zubringen pflegte.

Es hatte zur Überschrift:

Warum?

20. Juni 1851. – Ich verlasse die Sitzung. Ich habe Blondel zum
Tode verurteilt. Warum hatte dieser Mann seine fünf Kinder ermordet? Warum? Oft begegnet man Menschen, denen es Wollust bereitet, das Leben zu vernichten. O ja, es muss sich um
Wollust handeln, um die vielleicht größte Wollust; denn ist das
Töten nicht dem Erschaffen am nahesten? Erschaffen und vernichten! Diese zwei Wörter enthalten die Geschichte der Welt-
alle, die ganze Geschichte der Welten, alles, was es gibt, alles!
Warum ist es berauschend zu töten?

25. Juni. – Zu denken, dass ein Lebewesen existiert, das lebt, das
sich bewegt … Ein Lebewesen? Was ist ein Lebewesen? Dieses
belebte Etwas, das dem Prinzip der Bewegung unterliegt und
einem Willen, der diese Bewegung befehligt! Dieses Etwas
hängt mit nichts zusammen. Seine Füße stehen in keiner Verbindung mit dem Boden. Es ist ein Lebenspartikel, der sich auf der
Erde bewegt; und diesen Partikel, der von wer weiß woher
stammt, kann man nach eigenem Gutdünken vernichten. Und
dann nichts mehr. Er verfault, das ist alles.

26. Juni. – Warum eigentlich ist das Töten ein Verbrechen? ja, warum? Es ist im Gegenteil das Gesetz der Natur. Jedes Geschöpf
hat den Auftrag zu töten: Es tötet, um zu leben, und es tötet, um

zu töten. – Das Töten liegt uns im Blut; man muss töten! Das Tier tötet ohne Unterlass, jeden Tag und jeden Augenblick seines Daseins. – Der Mensch tötet ohne Unterlass, um sich zu ernähren, doch da auch er das Bedürfnis hat, aus Wollust zu töten, hat er die Jagd erfunden! Kinder töten Insekten, die sie finden, kleine Vögel, alle kleinen Tiere, die ihnen in die Hände geraten. Aber das hat dem unwiderstehlichen Bedürfnis nach Mordtaten, das in uns nistet, noch nicht Genüge getan. Es genügt uns nicht, das Tier zu töten; es verlangt uns auch danach, den Menschen zu töten. In früheren Zeiten kam man diesem Verlangen nach, indem man Menschenopfer beging. Heute hat die Notwendigkeit, in einer Gesellschaft zu leben, den Mord zum Verbrechen erklärt. Der Mörder wird verurteilt und bestraft! Doch da wir nicht leben können, ohne uns diesem natürlichen und gebieterischen Todeswunsch zu überlassen, trösten wir uns von Zeit zu Zeit mit Kriegen oder damit, dass ein ganzes Volk von einem anderen Volk ermordet wird. Das ist dann ein Schwelgen im Blut, ein Schwelgen, an dem sich die Armeen berauschen und sich noch die Bürger begeistern, die Frauen und Kinder, die abends im Lampenschein den überschwenglichen Bericht von den Massakern lesen.

Und man sollte meinen, dass diejenigen, die sich diese Schlächtereien an Menschen zuschulden kommen lassen, verachtet würden. O nein! Sie werden mit Ehren überhäuft! Sie werden in Gold und funkelnde Gewänder gekleidet; sie tragen Federn auf dem Kopf und Auszeichnungen an der Brust; man verleiht ihnen Kreuze, Entschädigungen, Auszeichnungen jeder Art. Sie sind stolz, geachtet, die Frauen lieben sie, das Volk spendet ihnen Beifall, und all das nur, weil es ihre Aufgabe ist, das

Blut der Menschen zu vergießen! Sie schleppen ihre Todesinstrumente durch die Straße, und der schwarzgekleidete Passant betrachtet sie voller Neid. Denn das Töten ist das große Gesetz, das die Natur in die Herzen der Geschöpfe gegeben hat! Nichts Schöneres und nichts Ehrenwerteres gibt es als das Töten!

30. Juni. – Das Töten ist ein Gebot; weil die Natur die ewige Jugend liebt. All ihr unbewusstes Tun scheint zu rufen: «Schnell! schnell! schnell!» Je mehr sie zerstört, desto mehr erneuert sie sich.

2. Juli. – Das Lebewesen – was ist das Lebewesen? Alles und nichts. Das Denken macht es zum Widerschein von allem. Das Erinnerungsvermögen und die Wissenschaft machen es zu einem Abriss der Weltgeschichte, die es in sich trägt. Als Spiegel der Dinge und als Spiegel der Geschehnisse wird jedes Menschenwesen zu einem kleinen Universum im großen Universum!

Aber reisen wir; sehen wir die Arten wimmeln, sehen wir, dass der Mensch nichts bedeutet! Nichts! Gar nichts! Steigen wir in das Boot, verlassen wir das Ufer, an dem sich die Menge drängt, und bald werden wir nichts mehr wahrnehmen als die Flusslandschaft. Das kaum wahrnehmbare Lebewesen verschwindet, so klein ist es, so unbedeutend. Durchqueren wir Europa in einem Schnellzug und sehen wir aus der Tür. Menschen, Menschen, immer wieder Menschen, unzählige, unbekannte Menschen, die auf den Feldern wimmeln, in den Straßen wimmeln; stumpfe Bauern, die sich auf nichts anderes verstehen als darauf, den Boden umzugraben; abstoßend hässliche

Frauen, die sich auf nichts anderes verstehen als darauf, dem Mann das Essen zu kochen und Kinder zu gebären. Gehen Sie nach China, gehen Sie nach Indien, und Sie werden Milliarden von Geschöpfen sehen, die zur Welt kommen, die leben und sterben, ohne mehr Spuren zu hinterlassen als die auf dem Weg zertretene Ameise. Gehen Sie in die Länder der Schwarzen, die in Lehmhütten hausen, in die Länder der hellhäutigen Araber, deren Zuflucht eine bräunliche Leinwand ist, die im Wind flattert, und Sie werden verstehen, dass das vereinzelte, seinem Schicksal bestimmte Geschöpf nichts ist, gar nichts. Die Rasse ist alles? Was ist das Geschöpf, ein beliebiges Geschöpf eines Nomadenstammes in der Wüste? Und diese Leute, die Weise sind, fürchten sich nicht vor dem Tod. Für sie zählt der Mensch nicht. Man tötet seinen Gegner: Das ist der Krieg. So war es früher, von Anwesen zu Anwesen, von Provinz zu Provinz.

Ja, reisen Sie durch die Welt, und sehen Sie das Gewimmel der zahllosen und unbekannten Menschen. Unbekannt? Ha! Da haben wir das Problem beim Namen! Töten ist ein Verbrechen, weil wir die Geschöpfe mit Nummern versehen haben! Bei ihrer Geburt werden sie verzeichnet, erhalten sie einen Namen, werden sie getauft. Das Gesetz bemächtigt sich ihrer! Jawohl! Das Geschöpf, das nirgends verzeichnet ist, zählt nicht: Töten Sie es auf der Steppe oder in der Wüste, töten Sie es auf dem Berg oder im Flachland, einerlei! Die Natur liebt den Tod; sie straft nicht, o nein!

Geheiligt aber ist der Zivilstand! Jawohl! Er ist es, der den Menschen verteidigt. Der Einzelne ist heilig, weil er dem Zivilstand unterliegt! Ehret den Zivilstand, den Gott der Gesetze. Auf die Knie!

Der Staat darf töten, weil er die Macht hat, den Zivilstand zu verändern. Wenn er in einem Krieg zweihunderttausend Soldaten ermorden lässt, streicht er sie aus seinem Zivilstand, lässt er sie von der Hand seiner Gerichtsschreiber auslöschen. Ende. Wir aber, die wir in die Schriftsätze der Rathäuser nicht eingreifen können, wir haben das Leben zu achten. Zivilstand, ruhmreiche Gottheit, die du in den Tempeln der Stadtbehörden herrschest, ich entbiete dir meinen Gruß. Du bist mächtiger als die Natur. Ha! ha!

3. Juli. – Es muss eine eigenartige und köstliche Lust bereiten zu töten, das lebende, denkende Geschöpf vor sich zu haben; ein kleines Loch, nur ein kleines Loch darein zu machen, dieses rote Etwas fließen zu sehen, das Blut, den Lebenssaft, und dann nichts weiter vor sich zu haben als einen Haufen schlaffen, kalten, leblosen Fleischs, der Gedanken entleert!

5. August. – Ich, der ich mein Leben damit verbracht habe zu richten, zu verurteilen, durch Worte, die ich sagte, und durch die Guillotine jene zu töten, die mit dem Messer getötet hatten, ich! ich!, wenn ich handelte wie alle Mörder, die ich strafte, ich! ich!, wer erführe es?

10. August. – Wer erführe es je? Würde man mich verdächtigen, mich, mich, vor allem wenn ich mir ein Lebewesen suchte, das zu vernichten ich keinerlei Grund hätte?

15. August. – Die Versuchung! Die Versuchung ist in mich eingedrungen wie ein kriechender Wurm. Sie kriecht, sie schleicht, sie ist in meinem ganzen Körper, in meinem Geist, der nur noch an das eine denkt: töten, in meinen Augen, die es danach dürstet, Blut zu sehen, das Sterben zu sehen, in meinen Ohren, in denen ständig etwas Ungekanntes, Schreckliches, Jammervolles, Betörendes ertönt wie der Todesschrei eines Lebewesens, in meinen Beinen, in denen sich die Lust zu gehen regt, dorthin zu gehen, wo es geschehen wird, in meinen Händen, die zittern vor Begierde zu töten. Wie wohltuend muss das sein, wie außerordentlich, wie würdig eines freien Menschen, den anderen überlegen, Herr über sein Herz, den es nach ausgesuchten Sinnesempfindungen verlangt!

22. *August*. – Ich konnte nicht länger widerstehen. Ich habe ein kleines Tier getötet, zur Probe, als Anfang.

Jean, mein Diener, hielt in einem Käfig, der am Fenster der Bedientenstube hing, einen Stieglitz. Ich schickte ihn zu einer Besorgung und nahm den kleinen Vogel in die Hand, in meine Hand, und spürte, wie sein Herz klopfte. Ihm war warm. Ich ging auf mein Zimmer. Hin und wieder drückte ich fester zu; sein Herz klopfte schneller; es war abscheulich und köstlich. Fast hätte ich ihn erstickt. Aber dann hätte ich kein Blut gesehen.

Deshalb nahm ich eine Schere, eine kleine Nagelschere, und habe ihm mit drei Schnitten ganz langsam die Kehle durchschnitten. Er öffnete den Schnabel, er versuchte mir zu entkommen, aber ich hielt ihn, oh! ich hielt ihn – selbst eine tollwütige Dogge hätte ich festgehalten –, und ich sah das Blut fließen. Wie schön Blut ist, wie rot, wie leuchtend, wie klar! Es gelüstete mich danach, es zu trinken. Ich habe die Zungenspitze hineingetaucht! Es schmeckt gut. Aber der arme kleine Vogel hatte so wenig Blut! Ich hatte nicht genug Zeit, mich nach Herzenslust an dem Anblick zu weiden. Es muss herrlich sein, einen Stier bluten zu sehen.

Und dann habe ich gehandelt wie ein Mörder, wie ein echter Mörder. Ich habe die Schere abgewaschen, ich habe mir die Hände gewaschen, ich habe das Wasser weggeschüttet, und ich habe den Leichnam, den kleinen Kadaver, in den Garten getragen, um ihn dort zu begraben. Ich habe ihn unter einer Erdbeerpflanze vergraben. Man wird ihn nie finden. Ich werde jeden Tag eine Erdbeere von dieser Pflanze verzehren. Wahrhaftig, wie man das Leben genießen kann, wenn man sich darauf versteht!

Mein Diener hat geweint; er denkt, sein Vogel wäre weggeflogen. Wie sollte er mich verdächtigen! Ha! ha!

25. August. – Ich muss einen Menschen töten! Ich muss es.

30. August. – Es ist vollbracht. Wie leicht so etwas ist!

Ich ging im Wald von Vernes spazieren. Ich dachte an nichts, an gar nichts. Plötzlich steht ein Kind auf dem Weg, ein kleiner Junge, der ein Butterbrot isst.

Er bleibt stehen, um mich vorbeigehen zu lassen, und sagt: «Guten Tag, M'sieu Président.»

Und da kommt mir der Gedanke: «Wenn ich ihn tötete?»

Ich erwidere: «Bist du allein, mein Junge?»

«Ja, M'sieu.»

«Ganz allein im Wald?»

«Ja, M'sieu.»

Die Begierde, ihn zu töten, berauschte mich wie Alkohol. Ich näherte mich ganz leise, überzeugt, dass er weglaufen würde.

Und dann packe ich ihn an der Kehle … Ich drücke sie zu, drücke sie mit aller Kraft zu! Er hat mich mit einem schrecklichen Blick angesehen! Was für schreckliche Augen! Ganz rund, unergründlich, klar, furchterregend! Nie zuvor habe ich eine so elementare Sinnesempfindung verspürt … aber so kurz! Er hielt meine Handgelenke mit seinen kleinen Händen umklammert, und sein Körper verdrehte sich wie eine Feder über Feuer. Und dann hat er sich nicht mehr geregt.

Mein Herz klopfte, oh!, das Herz des Vogels! Ich habe den Leichnam in den Graben geworfen und mit Gras zugedeckt.

Ich bin nach Hause gegangen, ich habe gut zu Abend gespeist. Wie leicht so etwas ist! Abends war ich sehr vergnügt, munter, verjüngt, ich habe den Abend beim Präfekten verbracht. Man fand mich geistreich.

Aber ich habe kein Blut gesehen! Ich bin ruhiger Gemütsverfassung.

30. August. – Man hat die Leiche entdeckt. Man sucht nach dem Mörder. Ha! ha!

1. September. – Zwei Landstreicher wurden festgenommen. Beweise gibt es keine.

2. September. – Die Eltern haben mich aufgesucht. Sie haben geweint. Ha! ha!

6. Oktober. – Man hat nichts herausgefunden. Ein unbekannter Vagabund soll die Tat begangen haben. Ha! ha! Hätte ich das Blut fließen sehen, wäre ich jetzt ruhiger Gemütsverfassung!

10. Oktober. – Die Begierde zu töten sitzt mir im Mark. Vergleichbar der Liebesraserei, die einen Zwanzigjährigen quält.

20. Oktober. – Wieder einer. Ich erging mich nach dem Mittagessen am Fluss. Und unter einer Weide sah ich einen Angler, der eingeschlafen war. Ein Spaten steckte absichtlich platziert in einem nahen Kartoffelfeld.

Ich ergriff ihn, ich ging zurück; ich erhob ihn wie eine Keule, und mit einem einzigen scharfen Schlag spaltete ich dem Angler den Kopf. Oh! Er hat geblutet, o ja! Rosiges Blut, voller Gehirnmasse! Es floss ins Wasser, ganz langsam. Und ich habe mich gemessenen Schritts entfernt. Hätte man mich gesehen! Ha! ha!, ich hätte einen ausgezeichneten Mörder abgegeben.

25. Oktober. – Die Sache mit dem Angler hat großes Aufsehen erregt. Sein Neffe, der mit ihm angeln war, wird des Mordes angeklagt.

26. Oktober. – Der Untersuchungsrichter ist von der Schuld des Neffen überzeugt. In der Stadt ist jedermann davon überzeugt. Ha! ha!

27. Oktober. – Der Neffe verteidigt sich sehr ungeschickt. Er sei ins Dorf gegangen, um Brot und Käse zu kaufen, behauptet er. Er beteuert, dass sein Onkel während seiner Abwesenheit getötet worden sei. Wer soll ihm glauben?

28. Oktober. – Der Neffe hätte beinahe gestanden, in solche Verwirrung hat man ihn gestürzt! Ha! ha! die Justiz!

15. November. – Es sind erdrückende Beweise für die Schuld des Neffen aufgetaucht, der als Erbe seines Onkels eingesetzt ist. Ich werde Vorsitzender des Schwurgerichts sein.

25. Januar. – Todesstrafe! Todesstrafe! Todesstrafe! Ich habe ihn zum Tode verurteilen lassen! Ha! ha! Der Staatsanwalt hat wie ein Engel plädiert. Ha! ha! Wieder einer. Ich werde mir seine Hinrichtung ansehen.

10. März. – Es ist vorbei. Heute morgen wurde er guillotiniert. Er ist sehr ergreifend gestorben! Sehr gut! Es hat mir gefallen! Wie schön es anzusehen ist, wenn einem Menschen der Kopf abgetrennt wird! Das Blut quoll in Strömen hervor, in Strömen! Oh! wenn ich gekonnt hätte, hätte ich am liebsten darin gebadet. Welche Trunkenheit, mich unter das Schafott zu legen, das Blut in die Haare und auf das Gesicht tropfen zu lassen und mich dann zu erheben, von Kopf bis Fuß rot, von Kopf bis Fuß rot! Ha! Wenn man wüsste!

Nun werde ich warten, ich kann warten. Es wäre nicht viel vonnöten, um mich zu ertappen.

Das Manuskript enthielt noch viele weitere Seiten, die sich jedoch auf kein weiteres Verbrechen bezogen.

Die Irrenärzte, denen man es überantwortete, haben bestätigt, dass es auf der Welt viele Wahnsinnige gibt, von denen man nichts weiß, die ebenso gewandt und ebenso grauenhaft sind wie dieser ungeheuerliche Irrsinnige.

BRIEF EINES WAHNSINNIGEN

Mein lieber Doktor, ich gebe mich in Ihre Hände. Verfahren Sie mit mir, wie Sie wollen.

Ich will Ihnen ganz offen meinen befremdlichen Geisteszustand schildern, und Sie werden erwägen, ob es vielleicht besser wäre, mich für einige Zeit in eine Anstalt zu geben, statt mich den Halluzinationen und den Leiden ausgesetzt zu lassen, die mich heimsuchen.

Hier die lange und genaue Geschichte der besonderen Qual meiner Seele.

Ich lebte wie jedermann, sah das Leben mit den offenen und blinden Augen des Menschen, ohne mich zu wundern und ohne zu verstehen. Ich lebte, wie die Tiere leben, wie wir alle leben, erfüllte alle Funktionen des Lebens, beobachtete und glaubte zu sehen, glaubte zu wissen, glaubte zu kennen, was mich umgab, bis ich eines Tages gewahrte, dass all das nicht wahr ist.

Ein Wort Montesquieus hat unvermittelt mein Denken erleuchtet. Es lautet: «Ein Organ mehr oder weniger in unserem Organismus hätte uns mit einer anderen Intelligenz versehen.

… Und letztlich wären alle Gesetze über das Wesen unseres Organismus auf ihre Weise anders beschaffen, wenn unser Organismus nicht der wäre, der er ist.»

Monatelang habe ich darüber nachgedacht, Monate und Monate, und nach und nach habe ich eine seltsame Klarheit erlangt, und diese Klarheit hat Finsternis über mich gebracht.

Tatsächlich sind unsere Organe die einzigen Mittler zwischen der Außenwelt und uns. Das heißt, dass unser inneres Wesen, das, was das Ich *ausmacht*, sich mittels einiger Nervenstränge in Verbindung zu dem äußeren Wesen befindet, das die Welt ist.

Doch abgesehen davon, dass dieses äußere Wesen sich unserer Kenntnis entzieht durch seine Ausmaße, seine Dauer, seine unzähligen und undurchdringlichen Eigenschaften, seine Zukunft oder Bestimmung, seine fernen Formen und seine unendlichen Ausdrucksformen, liefern unsere Organe uns bislang über den Ausschnitt, den wir davon erkennen können, nur Auskünfte, die so ungewiss wie lückenhaft sind.

Ungewiss, denn es sind allein die Eigenschaften unserer Organe, die für uns die der Materie zugesprochenen Eigenschaften bestimmen.

Lückenhaft, weil unsere Sinne nur fünf an der Zahl sind und das Feld ihrer Erkundungen und die Natur ihrer Enthüllungen sich äußerst beschränkt finden.

Ich will mich erklären. – Das Auge zeigt uns die Dimensionen, die Formen und die Farben. Und in allen drei Hinsichten täuscht es uns.

Es kann uns nur Gegenstände und Wesen mittleren Ausmaßes enthüllen, die in Zusammenhang mit der Körpergröße des Menschen stehen, was uns dazu gebracht hat, bestimmte Dinge als groß und andere als klein zu bezeichnen, und das nur deshalb, weil seine Schwäche ihm nicht erlaubt auszumachen, was zu groß oder zu winzig ist, um von ihm erfasst zu werden. Woraus sich ergibt, dass es fast nichts weiß und fast nichts sieht, dass das Universum ihm fast zur Gänze verborgen bleibt, sowohl der Stern im Weltraum wie das Aufgusstierchen im Wassertropfen.

Hätte das Auge selbst das Millionenfache seiner Sehkraft, könnte es in der Luft, die wir atmen, alle Arten unsichtbarer Wesen erblicken und ebenso die Bewohner benachbarter Planeten, dann gäbe es noch immer zahllose Arten kleinerer Tiere und Welten in solcher Ferne, dass es sie nicht zu erfassen vermöchte.

Folglich sind all unsere Vorstellungen von Verhältnissen und Proportionen falsch, weil es im Großen und im Kleinen keine denkbaren Grenzen gibt.

Unsere Einschätzung aller Dimensionen und Formen besitzt keinerlei unumschränkte Gültigkeit, da sie allein durch das Wirken eines Organs und durch Vergleichsmöglickeiten bedingt ist, die sich auf uns beziehen.

Fügen wir hinzu, dass das Auge obendrein außerstande ist, Durchsichtiges wahrzunehmen. Ein fehlerloses Glas kann es täuschen. Es verwechselt das Glas mit der umgebenden Luft, die es ebensowenig sehen kann.

Gehen wir zur Farbe über.

Die Farbe existiert, weil unser Auge so beschaffen ist, dass es dem Gehirn als Farbe die verschiedenen Formen vermittelt, in denen die Körper entsprechend ihrer chemischen Zusammensetzung die Lichtstrahlen, die auf sie treffen, absorbieren und zersetzen.

Die Verhältnisse dieser Absorption und Zersetzung bewirken die Nuancen.

Dieses Sinnesorgan zwingt dem Geist folglich seine Sichtweise auf oder eher seine willkürliche Weise, Dimensionen zu bestimmen und die Beziehungen zwischen Licht und Materie einzuschätzen.

Betrachten wir das Gehör.

Mehr noch als beim Auge sind wir Spielball und Genarrte dieses trügerischen Sinnesorgans. Zwei Körper, die aneinanderstoßen, erzeugen ein gewisses Ungleichgewicht in der Atmosphäre. Diese Bewegung lässt in unserem Ohr ein Häutchen vibrieren, welches das, was in Wahrheit nur eine Erschütterung ist, sogleich in ein Geräusch verwandelt.

Die Natur ist stumm. Das Trommelfell aber besitzt die wundergleiche Fähigkeit, uns als Sinneswahrnehmung und als Wahrnehmung durch verschiedene Sinnesorgane, je nach Anzahl der Vibrationen, alle Regungen der unsichtbaren Wellen des Weltraums zu übermitteln.

Diese Metamorphose, die der Hörnerv auf dem kurzen Weg vom Ohr zum Gehirn bewirkt, hat uns erlaubt, eine sonderbare Kunst zu erschaffen, die Musik, die poetischste und genaueste aller Künste, unbestimmt wie ein Traum und genau wie die Algebra.

Was soll man über den Geschmackssinn und den Geruchssinn sagen? Wüssten wir von den Düften und den Eigenschaften unserer Nahrung ohne die bizarren Fähigkeiten unserer Nase und unseres Gaumens?

Die Menschheit könnte freilich ohne Ohren, ohne Geschmackssinn und ohne Geruchsvermögen existieren, das heißt ohne jede Vorstellung von Geräusch, von Aroma und von Geruch.

Hätten wir also weniger Sinnesorgane, wüssten wir von weniger bewundernswerten und einzigartigen Dingen, doch wenn wir mehr Organe hätten, entdeckten wir um uns herum eine Unzahl anderer Dinge, die wir niemals erahnen können, weil wir sie uns nicht vorzustellen vermögen.

Folglich täuschen wir uns, wenn wir beurteilen, was wir kennen, und sind von dem unerforschten Ungekannten umgeben.

Und folglich ist alles ungewiss und auf vielfältigste Weise zu beurteilen.

Alles ist falsch, alles ist möglich, alles ist zweifelhaft.

Formulieren wir diese Erkenntnis, indem wir uns des alten Ausspruchs bedienen: «Wahrheit diesseits der Pyrenäen, Irrtum jenseits.»

Und sagen wir: Wahrheit in unserem Sinnesorgan, Irrtum außerhalb.

Zwei und zwei sollen außerhalb unserer Atmosphäre nicht mehr vier sein.

Wahrheit auf Erden, Irrtum weiter weg, woraus ich schließe, dass gemutmaßte Rätsel wie die Elektrizität, der hypnotische Schlaf, die Übertragung des Willens, die Beeinflussung, der animalische Magnetismus uns nur deshalb verborgen bleiben, weil die Natur uns nicht das Organ oder die Organe gegeben hat, sie zu begreifen.

Nachdem ich mich davon überzeugt hatte, dass alles, was mir meine Sinne enthüllen, nur für mich als den existiert, der ich es wahrnehme, und dass es sich für ein anders zusammengesetztes Wesen völlig anders ausnehmen würde, nachdem ich daraus geschlossen hatte, dass eine anders beschaffene Menschheit den unseren völlig entgegengesetzte Vorstellungen von der

Welt, vom Leben, von allem hätte – denn die Übereinstimmung der Meinungen ist nur Ergebnis der Ähnlichkeit der menschlichen Sinnesorgane, und die Meinungsunterschiede ergeben sich nur aus den leichten Abweichungen in den Funktionen unserer Nervenstränge –, unternahm ich eine schier übermenschliche geistige Anstrengung, um das Undurchdringliche zu erahnen, das mich umgibt.

Bin ich wahnsinnig geworden?

Ich sagte mir: «Ich bin von unbekannten Dingen umgeben.» Ich stellte mir den Menschen ohne Ohren vor, der den Ton ahnt, wie wir so viele verborgene Geheimnisse ahnen, den Menschen, der akustische Phänomene feststellt, deren Natur er nicht bestimmen und deren Herkunft er nicht ergründen kann. Und ich begann mich vor allen Dingen um mich herum zu fürchten, vor der Luft, vor der Dunkelheit. Von dem Augenblick an, in dem wir nichts mehr mit Gewissheit wissen, in dem es keine Grenzen mehr gibt, was bleibt da noch? Die Leere, nicht wahr? Und was gibt es in dieser Leere?

Und das unbeschreibliche Entsetzen angesichts des Übernatürlichen, das den Menschen seit dem Anbeginn der Welt verfolgt, ist berechtigt, weil das Übernatürliche nichts anderes ist als das, was uns verhüllt bleibt!

Und da habe ich das Entsetzen gekannt. Mir war, als rührte ich immer wieder an die Entdeckung eines Geheimnisses des Universums.

Ich versuchte meine Sinnesorgane zu schärfen, sie anzuspitzen, sie dazu zu bringen, das Unsichtbare zu erfassen.

Ich sagte mir: «Alles ist ein Lebewesen. Der Schrei in der Luft ist ein Lebewesen, einem Tier vergleichbar, denn er entsteht, erzeugt eine Bewegung und verwandelt sich, um zu sterben. Also hat der furchtsame Geist nicht unrecht, der an Geister glaubt. Wer sind sie?»

Wie viele Menschen spüren sie voraus, erbeben bei ihrem Nahen, erzittern bei der unergründlichen Begegnung mit ihnen? Man spürt sie neben sich, um sich herum, doch man kann sie nicht ausmachen, weil wir kein Auge besitzen, mit dem wir sie sehen könnten, besser gesagt kein unbekanntes Organ, das sie uns entdecken könnte.

Und mehr als jeder andere spürte ich sie, diese übernatürlichen Passanten. Geschöpfe oder Geheimnisse? Kann ich es wissen? Ich könnte nicht sagen, wie sie beschaffen sind, aber ihre Gegenwart könnte ich jederzeit anzeigen. Und ich sah – ich sah ein unsichtbares Wesen, soweit man diese Wesen überhaupt sehen kann.

Ich saß nächtelang reglos, an meinem Tisch, den Kopf auf die Hände gestützt, und dachte an dies und jenes. Oft war mir, als striche mir eine unsichtbare Hand oder eher ein ungreifbarer Körper unmerklich über die Haare. Es war keine Berührung, nichts Körperliches, sondern unergründlicher, unerkenntlicher Art.

Und eines Abends hörte ich die Dielen hinter mir knarren. Sie knarrten auf sonderbare Weise. Ich erbebte. Ich drehte mich um. Ich sah nichts. Und ich dachte nicht weiter daran.

Doch am nächsten Tag ereignete sich zur gleichen Stunde das gleiche Geräusch. Ich war so erschrocken, dass ich mich erhob, sicher, sicher, sicher, dass ich nicht allein in meinem Zimmer war. Doch nichts war zu sehen. Die Luft war klar, überall durchsichtig. Meine zwei Lampen leuchteten in alle Ecken.

Das Geräusch wiederholte sich nicht, und ich beruhigte mich allmählich; dennoch blieb ich besorgt und drehte mich immer wieder um.

Am Tag darauf schloss ich mich zeitig ein und überlegte, wie es mir gelingen könnte, den Unsichtbaren, der mich aufsuchte, zu Gesicht zu bekommen.

Und ich habe ihn gesehen. Vor Entsetzen wäre ich fast tot umgefallen.

Ich hatte alle Kerzen auf dem Kaminsims und in meinem Leuchter angezündet. Das Zimmer war wie für ein Fest beleuchtet. Meine zwei Lampen brannten auf dem Tisch.

Mir gegenüber mein Bett, ein altes Bett aus Eichenholz mit Säulen. Rechterhand mein Kamin. Links die Tür, die ich mit dem Riegel versperrt hatte. Hinter mir ein sehr großer Schrank mit Spiegeltür. Ich sah mich darin an. Ich hatte sonderbare Augen mit sehr großen Pupillen.

Dann setzte ich mich wie alle Tage.

Das Geräusch hatte sich am Vortag und am Tag davor vierundzwanzig Minuten nach neun Uhr ereignet. Ich wartete. Als der Augenblick kam, spürte ich eine unbeschreibliche Empfindung, als wäre eine Flüssigkeit, eine Flüssigkeit, gegen die man sich nicht wehren kann, in alle Fibern meiner Haut eingedrungen und ertränkte meine Seele in einem scheußlichen und zugleich wohltuenden Entsetzen. Und der Boden knarrte, ganz nahe vor mir.

Ich erhob mich und drehte mich so schnell um, dass ich fast gestürzt wäre. Es war so hell wie am hellichten Tag, aber ich konnte mich nicht im Spiegel sehen! Der Spiegel war leer, klar, von Licht erfüllt. Ich war darin nicht zu sehen, obwohl ich gegenüber stand. Ich sah voll Entsetzen hin. Ich wagte mich nicht von der Stelle, denn ich spürte, dass er zwischen uns war, er, der Unsichtbare, und dass er mich verdeckte.

Oh! wie verängstigt ich war! Und dann begann ich mich in einem Nebel hinten im Spiegel zu sehen, in einem Nebel wie im Wasser; und mir war, als glitte dieses Wasser von links nach rechts, langsam, und ließ mich von einer Sekunde zur nächsten klarer erscheinen. Es war wie das Ende einer Sonnenfinsternis. Das, was mich verdeckte, hatte keine festen Umrisse, sondern war von einer undurchsichtigen Durchsichtigkeit, die sich nach und nach auflöste.

Und zuletzt konnte ich mich deutlich erkennen, so wie jeden Tag, wenn ich in den Spiegel sehe!

Ich hatte ihn also erblickt!

Und ich habe ihn nicht wiedergesehen.

Aber ich erwarte ihn ständig, und ich spüre, dass ich über diesem Warten den Verstand verliere.

Ich verbringe Stunden, Nächte, Tage, Wochen vor meinem Spiegel und warte auf ihn! Er kommt nicht mehr.

Er hat begriffen, dass ich ihn gesehen habe. Aber ich weiß, dass ich immer auf ihn warten werde, bis zum Tod, dass ich ohne Rast und ohne Ruhe vor diesem Spiegel warten werde wie ein Jäger auf dem Anstand.

Und in diesem Spiegel beginne ich wahnwitzige Bilder zu sehen, Ungeheuer, scheußliche Kadaver, die erschreckendsten Tiere, abscheuliche Wesen, alle unvorstellbaren Hirngespinste, die den Geist der Wahnsinnigen heimsuchen.
Dies ist meine Beichte, mein lieber Doktor. Sagen Sie mir, was ich tun soll.

DIE NACHT
ALBTRAUM

Ich liebe die Nacht leidenschaftlich. Ich liebe sie, wie man sein Vaterland oder seine Geliebte liebt, mit einer instinktiven, tiefwurzelnden, unbezwingbaren Liebe. Ich liebe sie mit allen Sinnen, mit den Augen, die sie sehen, mit dem Geruchssinn, der sie atmet, mit den Ohren, die ihrer Stille lauschen, mit all meinem Fleisch, das die Dunkelheit liebkost. Die Schwalben singen in der Sonne, in der blauen Luft, in der warmen Luft, in der schwerelosen Luft klarer Morgen. Die Eule flieht in die Nacht, ein schwarzer Fleck, der den schwarzen Raum durchquert, und von der schwarzen Unermesslichkeit entzückt, berauscht, stößt sie ihren vibrierenden und düsteren Schrei aus.

Der Tag ermüdet mich und verdrießt mich. Er ist brutal und lärmerfüllt. Ich stehe widerwillig auf, ich lege überdrüssig meine Kleidung an, ich gehe unwillig aus dem Haus, und jeder Schritt, jede Bewegung, jede Geste, jedes Wort, jeder Gedanke ermüdet mich, als müsste ich ein erdrückend schweres Gewicht heben.

Doch wenn die Sonne sinkt, überkommt mich ein unbestimmtes Glücksgefühl, das meinen ganzen Körper erfüllt. Ich erwache, ich werde lebendig. Je mehr es dunkelt, desto verwandelter fühle ich mich, verjüngt, stärker, wacher, glücklicher. Ich sehe zu, wie sie dichter wird, die weiche große Finsternis, die sich vom Himmel herabsenkt: Sie verschlingt die Stadt wie eine ungreifbare und undurchdringliche Woge, sie verdeckt, löscht, tilgt die Farben, die Umrisse, sie umschlingt Häuser, Lebewesen, Denkmäler mit ihrer unmerklichen Berührung.

Dann würde ich am liebsten vor Lust schreien wie eine Schleiereule, über die Dächer laufen wie eine Katze; und ein gebieterisches, unbezwingbares Bedürfnis zu lieben entflammt in meinen Adern.

Ich gehe, ich wandere, bald in den verdüsterten Stadtteilen, bald in den Wäldern am Stadtrand von Paris, wo ich meine Schwestern, die Tiere, und meine Brüder, die Wilderer, umherstreifen höre.

Was man so heftig liebt, tötet einen unweigerlich. Aber wie soll ich erklären, was mir widerfahren ist? Wie auch nur es verständlich machen, sodass ich es erzählen kann? Ich weiß es nicht, nicht mehr, ich weiß nur, dass es so ist. – Wohlan.

Gestern also – war es gestern? ja, gewiss, es sei denn, es wäre früher gewesen, an einem anderen Tag, in einem anderen Monat, einem anderen Jahr – ich weiß es nicht. Aber es muss gestern gewesen sein, denn es ist noch nicht Tag, die Sonne ist noch nicht wiedererschienen. Aber seit wann währt die Nacht? Seit wann? ... Wer will es wissen? wer wird es je wissen?

Gestern also ging ich wie jeden Abend nach dem Abendessen aus. Es war schönes Wetter, sehr mild, sehr warm. Während ich mich zu den Boulevards begab, betrachtete ich über mir den schwarzen Fluss voller Sterne, den die Häuserdächer aus dem Himmel ausschnitten und der diesen kreisenden

Strom von Sternen wie einen echten Wasserlauf wendete und bewegte.

In der klaren Luft war alles deutlich zu erkennen, von den Planeten bis zu den Gasflammen. So viele Feuer brannten oben und in der Stadt, dass die Dunkelheit davon lichterfüllt wirkte. Die leuchtenden Nächte sind köstlicher als die Tage voller Sonnenschein.

Am Boulevard funkelten die Cafés; es wurde gelacht, flaniert, getrunken. Für kurze Zeit betrat ich ein Theater; welches Theater? Ich weiß es nicht mehr. Dort war es so hell, dass es mich bedrückte, und ich verließ das Theater, das Herz beschwert von dem Schock des gleißenden Lichts auf der Vergoldung der Logen, von dem künstlichen Funkeln des riesigen Kristallkronleuchters, von der Lichterbarriere vor der Bühne, von der Traurigkeit dieser falschen und rohen Helligkeit. Ich gelangte zu den Champs-Élysées, wo die Cafés-concert wie Brandherde im Laubwerk schimmerten. Die von gelbem Licht gestreiften Kastanien sahen aus wie gemalt, wie phosphoreszierende Bäume. Und die Kugeln elektrischen Lichts, leuchtenden und bleichen Monden vergleichbar oder vom Himmel gefallenen Eiern des Mondes, gigantischen lebendigen Perlen, brachten mit ihrem perlmuttenen, geheimnisvollen und königlichen Schein die Gaslichter aus hässlichem, elendem Gas ebenso zum Erbleichen wie die farbigen Girlanden und Gläser.

Unter dem Arc de Triomphe hielt ich inne, um die Avenue zu betrachten, die lange und wunderschöne sternengleich glänzende Avenue, die sich zwischen zwei Lichterreihen nach Paris erstreckt, und die Gestirne! Die Gestirne dort oben, die unbekannten Gestirne, aufs Geratewohl in der Unermesslichkeit verstreut, wo sie die seltsamen Konstellationen bilden, die zu so vielen Träumen anregen, zu soviel Nachdenken.

Ich betrat den Bois de Boulogne und blieb dort lange, lange Zeit. Ein eigenartiger Schauder hatte mich gepackt, eine ungeahnte, machtvolle Empfindung, eine Überreizung meines Denkens, die an Wahnsinn grenzte.

Ich ging lange, lange Zeit. Dann machte ich kehrt.

Wieviel Uhr war es, als ich wieder unter dem Arc de Triomphe hindurchging? Ich weiß es nicht. Die Stadt schlief ein, und Wolken, dicke schwarze Wolken, breiteten sich langsam am Himmel aus.

Zum ersten Mal spürte ich, dass etwas Merkwürdiges sich ereignen würde, etwas Ungewohntes. Mir war, als wäre es kalt geworden, als verdichtete sich die Luft, als begänne die Nacht, meine vielgeliebte Nacht, mir das Herz schwer zu machen. Die Avenue war nun verlassen. Nur zwei Polizisten schlenderten neben dem Halteplatz der Droschken vorbei, und auf der Chaussee, kümmerlich beleuchtet vom Gaslicht, als stünde es kurz vor dem Erlöschen, bewegte sich ein Zug von Wagen zu den Markthallen. Sie fuhren langsam, beladen mit Karotten, Rüben, Kohlköpfen. Die Fuhrleute schliefen, unsichtbar, die Pferde gingen gemächlichen Schritts geräuschlos auf dem hölzernen Pflaster, folgten dem Wagen vor ihnen. Von jedem Straßenlicht des Trottoirs wurden die Karotten rot, die Rüben weiß und die Kohlköpfe grün beleuchtet; und sie fuhren einer hinter dem anderen, diese Wagen, feuerrot, silberweiß, smaragdgrün. Ich folgte ihnen, ging dann durch die Rue Royale und gelangte wieder zu den Boulevards. Niemand mehr, keine beleuchteten Cafés mehr, nur vereinzelte Verspätete, die sich beeilten. Noch nie hatte ich Paris so tot, so verlassen gesehen. Ich holte meine Uhr hervor. Es war zwei Uhr.

Ein Impuls, das Bedürfnis zu gehen, drängte mich. Ich ging also bis zur Bastille. Dort merkte ich, dass ich nie zuvor eine so finstere Nacht erlebt hatte, denn ich konnte nicht einmal die Julisäule ausmachen, deren vergoldeter Genius sich in der undurchdringlichen Finsternis verlor. Ein Gewölbe aus Wolken, so dicht wie die Unermesslichkeit, hatte die Sterne verschlungen und schien sich auf die Erde herabzusenken, um sie zu vernichten.

Ich machte kehrt. Niemand war mehr in der Nähe. An der Place du Château-d'Eau wäre allerdings ein Betrunkener fast mit mir zusammengestoßen, bevor er verschwand. Eine Weile hörte ich noch seine taumelnden und hallenden Schritte. Ich ging weiter. Auf Höhe des Faubourg Montmartre kam eine Droschke vorbei, die zur Seine fuhr. Ich rief. Der Kutscher antwortete nicht. In der Nähe der Rue Drouot trieb sich eine Frau herum: «Monsieur, hören Sie.» Ich ging schneller, um ihrer ausgestreckten Hand auszuweichen. Dann nichts mehr. Vor dem Vaudeville wühlte ein Lumpensammler im Rinnstein. Seine kleine Laterne schwamm am Grund des Rinnsteins. Ich fragte ihn: «Wieviel Uhr ist es, mein Guter?»

Er brummte: «Was weiß ich! Ich habe keine Uhr.»

Da merkte ich mit einemmal, dass die Gaslichter erloschen waren. Ich weiß, dass sie aus Sparsamkeit um diese Jahreszeit frühzeitig, vor Tagesanbruch, gelöscht werden; doch der Tagesanbruch war noch fern, so fern!

«Gehen wir zu den Markthallen», dachte ich mir, «dort wenigstens werde ich Leben vorfinden.»

Ich machte mich auf den Weg, doch es war so finster, dass ich mich nicht zurechtfand. Ich ging langsam, wie in einem Wald, und sonderte die Straßen, indem ich sie abzählte.

Vor dem Crédit Lyonnais knurrte ein Hund. Ich betrat die Rue Grammont, verirrte mich dort; ich irrte umher, erkannte dann die Börse an den Eisengittern, die sie einfrieden. Die ganze Stadt schlief einen tiefen, furchterregenden Schlaf. Doch in der Ferne fuhr eine Droschke, eine einzige Droschke, vielleicht diejenige, die kurz zuvor an mir vorbeigekommen war. Ich versuchte sie zu erreichen und folgte dem Geräusch ihrer Räder durch die Gassen, die so einsam waren und so finster, finster, finster wie der Tod.

Ich verirrte mich wieder. Wo war ich? Wie töricht, die Gaslichter so früh zu löschen! Kein Passant, kein Verspäteter, kein Herumtreiber, kein Gemaunze einer liebestollen Katze. Nichts.

Wo waren nur die Polizisten? Ich sagte mir: «Ich werde rufen, dann kommen sie.» Ich rief. Niemand antwortete.

Ich rief lauter. Meine Stimme verlor sich, ohne Echo, schwach, erstickt, erdrückt von der Nacht, dieser undurchdringlichen Nacht.

Ich schrie: «Zu Hilfe! zu Hilfe! zu Hilfe!»

Mein verzweifelter Hilferuf blieb unerwidert. Wieviel Uhr mochte es sein? Ich holte meine Uhr hervor, doch ich hatte keine Streichhölzer. Ich lauschte dem leisen Ticktack des kleinen Mechanismus mit ungekannter und verblüffender Freude. Es war, als wäre die Uhr lebendig. Ich war nicht mehr allein. Was für ein Mysterium! Ich ging wieder weiter wie ein Blinder, indem ich mit meinem Spazierstock die Mauern berührte, und immer wieder hob ich den Blick zum Himmel in der Hoffnung, dass es endlich Tag werden würde; doch die Himmelsfläche war schwarz, ganz und gar schwarz, von tieferem Schwarz als die Stadt.

Wieviel Uhr mochte es sein? Mir war, als wanderte ich seit unendlicher Zeit, denn meine Beine wurden schwach, meine Brust keuchte, und ich litt schrecklichen Hunger.

Ich beschloss, an das erstbeste Tor zu klopfen. Ich drückte den kupfernen Knopf, und das Klingeln ertönte laut in dem Haus; es ertönte so sonderbar, als wäre dieses Geräusch allein in dem Haus.

Ich wartete, nichts geschah, niemand öffnete. Ich klingelte wieder; ich wartete wieder – nichts!

Ich bekam Angst! Ich lief zum nächsten Haus, und zwanzig- mal nacheinander brachte ich die Klingel in dem verborgenen Flur zum Ertönen, in dem der Concierge schlafen musste. Doch er erwachte nicht – und ich ging weiter und betätigte mit aller Kraft die Ringe oder Knöpfe und schlug mit Füßen, Stock und Händen an die hartnäckig verschlossenen Türen.

Und auf einmal merkte ich, dass ich zu den Markthallen ge- langt war. Sie waren verlassen – kein Geräusch, keine Bewe- gung, kein Wagen, kein Mensch, kein Bündel Gemüse oder Blu- men. – Sie waren leer, reglos, verlassen, tot!

Entsetzen erfasste mich – grauenhaft. Was ging hier vor sich? Oh! großer Gott! was ging hier vor sich?

Ich wanderte weiter. Aber die Uhrzeit? die Uhrzeit? wer konnte mir die Uhrzeit sagen? Keine Uhr schlug in den Kirch- türmen oder in den Gebäuden. Ich dachte mir: «Ich werde das Uhrglas meiner Taschenuhr öffnen und die Zeiger mit den Fin- gern befühlen.» Ich holte meine Uhr hervor … sie tickte nicht mehr … sie stand still. Nichts mehr, nichts mehr, nicht einmal ein Schauder in der Stadt, kein Lichtschein, nicht der leiseste Ton in der Luft. Nichts! gar nichts! nicht einmal mehr das ferne Geräusch der Droschke – gar nichts!

Ich war zu den Kais gelangt, und von dem Fluss stieg eisige Kühle auf.

Floss die Seine noch?

Ich wollte es wissen, ich fand die Treppe, ich stieg hinunter … Nichts war zu hören vom Gurgeln der Strömung unter den Brückenbögen … Noch einige Treppenstufen … dann Sand … Schlamm … dann Wasser … ich hielt den Arm hinein … das Wasser floss … es floss … kalt … kalt … kalt … fast wie gefroren … fast wie erstarrt … fast wie tot.

Und ich spürte sehr wohl, dass ich nie wieder die Kraft finden würde, die Treppe hinaufzusteigen … und dass ich dort sterben würde … ja, ich … vor Hunger – vor Erschöpfung – und vor Kälte.

NACHBEMERKUNG

Am 5. August 1850 wurde Henry René Albert Guy de Maupassant geboren; seine Geburt wurde im standesamtlichen Register von Tourville-sur-Arques verzeichnet. – In der Sterbeurkunde Maupassants wird als Geburtsort Sotteville genannt, in der Geburtsurkunde ist als Geburtsort das Schloss von Miromesnil angegeben, wie Maupassants Mutter es wünschte; spätere Nachforschungen legen nahe, dass Maupassant in Fécamp zur Welt kam, dem Wohnort der Großeltern mütterlicherseits. – Den Adelstitel hatte Maupassants Vater Gustave de Maupassant kurz vor der Heirat mit Laure Le Poittevin 1846 erlangt. Von der Mutter später in Umlauf gebrachte Gerüchte, der leibliche Vater dieses Sohnes sei ihr vertrauter Freund Gustave Flaubert, darf man mit Vorsicht betrachten. – Am 18. Mai 1856 wurde Maupassants Bruder Hervé geboren. – Im Jahr 1859 sah Gustave de Maupassant sich finanzieller Engpässe wegen genötigt, eine Tätigkeit aufzunehmen. Er trat in das Bankhaus Stolz ein und zog mit seiner Familie nach Paris. Zunehmende und nur notdürftig kaschierte Affären des Vaters sorgten für ständige Zerwürfnisse des Ehepaars. – Ende 1860 trennte sich das Ehepaar Maupassant; der Vater blieb in Paris, die Mutter zog mit beiden Söhnen nach Étretat. – Anfang 1863 wurde die Trennung der Eltern juristisch anerkannt. – Im Oktober trat Guy in das katholische Internat von Yvetot ein; um diese Zeit verfasste er seine ersten Gedichte. – Im März 1866 nahm Laure de Maupassant ihren ältesten Sohn für längere Zeit aus dem Internat, was sie mit ärztlichen Empfehlungen begründete. – Im Juli rettete Guy den englischen Dichter Swinburne aus dem Meer und wurde zum Dank von Swinburne in seine absonderliche Behausung eingeladen und mit einer vertrockneten Menschenhand beschenkt. – 1868 freundete Maupassant sich auf Geheiß seiner Mutter mit Gustave Flaubert und dessen Freund Louis Bouilhet an. – Im Sommer 1869 starb Louis Bouilhet. Im Oktober zog Maupassant nach Paris, in das gleiche Haus, in dem sein Vater wohnte, und begann das Studium der Rechtswissenschaften, von seinem Vater finanziell unterstützt.

Im Juli 1870 wurde Maupassant mobilisiert; Ende September bemühte sein Vater sich um einen Verwaltungsposten für ihn. – Im September 1871 gelang es Maupassant, einen Ersatzmann zu bezahlen und aus dem Armeedienst auszuscheiden. – Im Februar 1872 konnte Gustave de Maupassant einen Posten im Marineministerium für seinen Sohn erlangen, den dieser im Oktober antrat. – Von 1873 an begann Maupassant ernsthaft zu schreiben, Gedichte und Erzählungen, die er Flaubert als seinem spiritus rector vorlegte, der mit Kritik nicht geizte. – Im Verlauf des Jahres 1874 versuchte Maupassant sich wiederholt und wiederholt erfolglos als Dramatiker. – Ende 1874 lernte er Edmond de Goncourt kennen; aus einer anfänglichen Freundschaft erwuchs bald eine vor allem seitens Goncourts erbitterte Animosität. – Im Februar 1875 erschien Maupassants Erzählung «La Main d'Écorché» unter dem Pseudonym Joseph Prunier in

L'Almanach lorrain de Pont-à-Mousson. – Am 20. März 1877 schrieb Maupassant seinem Freund Robert Pinchon einen Brief, in dem er ihm mitteilte, an der Syphilis erkrankt zu sein – in einem Ton, dessen prahlerisches Auftrumpfen das tiefe Entsetzen über die drohende Zukunft nicht übertüncht, sondern eher verdeutlicht. – Am 10. November 1877 erschien in *Le Mosaïque* unter dem Pseudonym Guy de Valmont die Erzählung «Le Donneur d'eau bénite». – Im Januar 1878 wurde ein neues Theaterstück Maupassants abgelehnt, im März diesen Jahres erging es ihm mit einem anderen Theaterstück ebenso. – Im Mai veröffentlichte *Le Mosaïque* eine weitere Erzählung Maupassants, im September eine dritte. – Im Dezember wurde seinem Gesuch auf Entlassung aus dem Marineministerium stattgegeben. – Im Februar 1879 wurde Maupassants Theaterstück *L'Histoire du vieux temps* erstmals aufgeführt; im Verlauf des Jahres kam es zu weiteren Aufführungen. – Mehrere Erzählungen wurden bei verschiedenen Zeitschriften publiziert.

Im Frühjahr 1880 machten sich bei Maupassant erste schwerwiegende Folgen seiner Erkrankung bemerkbar, darunter Lähmungserscheinungen am rechten Auge, Herzbeschwerden und Haarausfall. – Im April erschien der Erzählungsband mit dem Titel *Soirées de Médan*. – Am 8. Mai starb Maupassants väterlicher Freund und schriftstellerischer Mentor Flaubert. Maupassant reiste unverzüglich zum Sterbeort; nach der Beerdigung schrieb er, eine solche Leere um sich herum habe er noch nie empfunden. – Im Mai 1881 erschien der Erzählungsband mit dem Titel *La Maison Tellier*. – Ende Oktober begann die Zusammenarbeit Maupassants mit der Zeitschrift *Gil Blas*, die bis 1891 währen sollte und für die er das durchsichtige, Balzac entlehnte

Pseudonym Maufrigneuse wählte. Im Mai 1882 erschien der Erzählungsband *Mademoiselle Fifi*. – Im Januar 1883 litt Maupassant an starken Rückenschmerzen und Augenproblemen. – Am 17. Februar wurde in Paris Joséphine Litzelmanns Sohn Lucien, «unbekannten Vaters», geboren, aller Wahrscheinlichkeit nach der Sohn Guy de Maupassants; bis ans Ende seines Lebens unterstützte er die Frau, die offiziell nicht seine Ehefrau war, und ihre – gemeinsamen – Kinder finanziell. – In *Gil Blas* wurde der Roman *Une Vie* abgedruckt, dessen Buchausgabe im April erschien. – Von da an erschienen alle Erzählungen und Romane Maupassants in schneller Folge, im Juni *Les Contes de la bécasse*, im November *Clair de lune*, im Mai und im Juli des Folgejahres *Miss Harriet* und *Les Sœurs Rondoli*. In diesem Jahr – 1884 – wurde Joséphine Litzelmann von einer Tochter (Lucienne) entbunden. – Von April 1885 an wurde der Roman *Bel-Ami* in Fortsetzungen veröffentlicht; die Buchausgabe erschien im Mai. In diesem Frühjahr unternahm Maupassant eine lange Reise durch Italien und Sizilien. Ende des Jahres kaufte er sich von den Erlösen des Romans eine luxuriöse Jacht, die er *Bel-Ami I* taufte. – Im Januar 1886 heiratete Maupassants Bruder Hervé, der eine Gärtnerei in Südfrankreich führte. Im Mai erschien der Erzählungsband *La Petite Roque*. Im August reiste Maupassant auf Einladung des Barons Ferdinand de Rothschild nach England. Im Dezember begann der Fortsetzungsabdruck des Romans *Mont-Oriol* in *Gil Blas*, die Buchausgabe erschien im Januar. – Im Mai 1887 erschien der Erzählungsband *Le Horla*. Im Juli kam das dritte Kind Joséphine Litzelmanns zur Welt, Marthe-Marie. Im August zeigten sich erste Anzeichen geistiger Verwirrung bei Hervé Maupassant. Von Anfang Oktober bis Anfang Januar unternahm Maupassant eine ausgedehnte Reise durch Nordafrika. Im Dezember begann der Fortsetzungsabdruck des Romans *Pierre et Jean* in der *Nouvelle Revue*, im Januar erschien die Buchausgabe. – Im Januar 1888 kaufte Maupassant eine neue Jacht, die *Bel-Ami II*. Von Februar bis März erschien in der Zeitschrift *Les Lettres et les Arts* das Reisetagebuch *Sur l'eau*. Hervés Gesundheitszustand verschlechterte sich im Lauf des Jahres dramatisch, und sein älterer Bruder musste sich immer wieder um ihn kümmmern. – Im Februar 1889 erschien der Erzählungsband *La Main gauche*, von März an der Fortsetzungsabdruck des Romans *Fort comme la mort* in der *Revue illustrée*, gefolgt von der Buchausgabe im Mai. Im August wurde Hervé de Maupassant in eine Nervenheilanstalt in Lyon-Bron eingewiesen; im August besuchte sein älterer Bruder ihn dort; am 13. November starb Hervé de Maupassant in dieser Klinik.

Im März 1890 erschien der Erzählungsband *La Vie errante*, im April *L'Inutile Beauté*, im Juni *Notre cœur*. Die fieberhafte und rastlose Tätigkeit, die Maupassant in diesem Jahr entfaltete, war das untrügliche Zeichen der Vorstufe zum endgültigen Zusammenbruch. – Im Januar 1891 berichtete Maupassant seinem Freund, dem Arzt Henry Cazalis, von Anfällen völliger Orientierungslosigkeit. Sein Leiden erschwerte ihm zunehmend die Arbeit an seinem neuen Roman *L'Angélus*. In den folgenden Monaten suchte er einen wahren Reigen von Ärzten auf. Im Herbst zeigten sich schwere Symptome geistiger Zerrüttung. Am 14. Dezember hinterlegte Maupassant sein Testament, und Ende Dezember schrieb er Abschiedsbriefe an seine Freunde. – In der Nacht vom 1. auf den 2. Januar 1892 versuchte Maupassant sich die Kehle durchzuschneiden. Am 7. Januar wurde er in die Klinik Dr. Émile Blanches in Passy eingeliefert, in der er nach langer und schrecklicher Agonie am 6. Juli starb.

Guy de Maupassant begann seine schriftstellerische Laufbahn als nicht unbedingt geschmackssicherer schwärmerischer Verseschmied und so glückloser wie unermüdlicher Verfasser von Dramenwerken, die er in den endlosen Mußestunden zu Papier brachte, die seine durch väterliche Protektion erlangte Anstellung im Marineministerium ihm allem Anschein nach überreich bescherte, wenn man seinen Briefen aus dieser Zeit Glauben schenken darf.

Wie dem bürgerlichen Kunstgeschmack des 19. Jahrhunderts in der Malerei das Historiengemälde als Apotheose künstlerischer Vollendung galt, waren ihm in der Literatur Lyrik und Drama die erhabenen, edlen Kunstformen – vom Publikum in gemütlich-wohligem Schauder mit Überschwang und Raserei assoziiert –, neben denen der Prosa ein bescheidenerer Rang zugewiesen wurde, vergleichbar dem des Stillebens in der Malerei.

Maupassants Mutter liebte ihren ältesten Sohn abgöttisch und hatte ehrgeizige Pläne für ihn – er sollte ein berühmter Dichter werden, als geistiger Nachfolger ihres Bruders Alfred Le Poittevin diesen als Dichter übertreffen oder das einlösen, was ihr Bruder mit seinem frühen Tod nur als Versprechen hinterlassen hatte. Die Verschränkungen der Beziehungen zwischen den Familien Le Poittevin, Flaubert und Maupassant sind verblüffend, denkt man an die Rolle des Doppelgängertums, der Spiegelung und der Überschneidung in Maupassants Schreiben. Der Vater Gustave Flauberts war der Taufpate Alfred Le Poittevins, und dessen Vater war der Taufpate Flauberts. Alfred Le Poittevin heiratete im Juli 1846 Louise de Maupassant, und im November desselben Jahres heiratete Louise' Bruder Gustave Alfreds Schwester Laure.

Alfred Le Poittevins Tod bedeutete eine große Leere in Flauberts Seelenleben, und der Neffe seines verstorbenen Freundes war ihm ebenso willkommen, um diese seelische Leere zu füllen, wie Louis Bouilhet als neuer Seelengefährte. Flaubert und Bouilhet begleiteten Maupassants erste Schreibversuche nachsichtig und kritisch. Und wenn seine frühen Schreibversuche ihnen oft genug komische Verzweiflung und gespieltes Haareraufen abnötigten, wurden ihre Kritik, ihre Ratschläge und ihre schriftstellerischen Prinzipien von ihm nicht nur angenommen und beherzigt, sondern wiesen ihm indirekt auch den Weg zu einem eigenen Stil und einer Kunstform, in der er es zur Meisterschaft bringen konnte, der Erzählung und der Novelle. War ihm diese «niedere» Kunstform beschieden, hatte er in Flaubert den Chardin der Literatur zum Lehrmeister, der das, was er beschrieb, durch die Konzentration seines Schreibens adelte, durch die Reduktion auf das Wesentliche. Durch Flauberts Vermittlung lernte Maupassant Iwan Turgenjew kennen, in dem er einen weiteren Lehrer fand.

Mit der Veröffentlichung seines ersten Erzählungsbands *Les Soirées de Médan* im Jahr 1880, dem im Jahr darauf der Band mit dem Titel *La Maison Tellier* folgte, war Maupassant vom obskuren Skribenden zu einem bekannten und beliebten Schriftsteller geworden. In den folgenden zehn Jahren, den letzten zehn Jahren seines Lebens, veröffentlichte er Hunderte von Erzählungen und Feuilletons und sechs Romane.

Als Verfasser bisweilen reißerischer und schlüpfriger Romane, pikanter Erzählungen über die Halbwelt, heiterer Stimmungsbilder, mitreißender Naturschilderungen und desillusionierter Darstellungen des trotz sonniger Momente tristen und mühseligen Alltags der Bauern und Kleinbürger wurde Maupassant zu seinen Lebzeiten von einem breiten Publikum goutiert und von der Literaturkritik sehr zwiespältig aufgenommen.

Ein neues kritisches Interesse erwachte im 20. Jahrhundert, als man den «zweiten» Maupassant entdeckte, den düsteren Verfasser von Texten über Wahnsinn, Persönlichkeitsspaltung und Doppelgänger, den Kenner und Nachfolger E. T. A. Hoffmanns, E. A. Poes und Nikolai Gogols, der Charcots Vorlesungen und Demonstrationen über Geisteskrankheiten und Hypnose an der Salpêtrière als Laienhörer verfolgte, während Charcots Schüler Dr. Freud aus Wien sie beruflich besuchte.

Alberto Savinio hat diesem Maupassant einen seiner schönsten Essays gewidmet, die 1944 erschienene Monographie *Maupassant und der andere*, in der er die Krankheit Maupassants als Inkubus behandelt, als schlemihlschen Usurpator, der sich der Person des Kranken, der er entspringt, bemächtigt, diesen aus dem eigenen Körper und Geist verdrängt und ihn gleichzeitig nötigt, als Schriftsteller zu einem anderen zu werden, zu dem «ernstzunehmenden» Maupassant, der sich dem Schicksal überantwortet sieht, der seinem Namen eingeschriebenen Bedeutung («einen üblen Verlauf nehmend», wenn man es so ungeschickt ausdrücken will) gerecht zu werden durch den Verlauf seiner Krankheit und durch sein Ende.

Theodor Adorno und Walter Benjamin haben sich in Zusammenhang mit Benjamins Passagenwerk ausgiebig für Maupas-

120

sant interessiert, und Isaak Babel, Jorge Luis Borges, Elizabeth Bowen, Julio Cortazar und Efim Etkind haben ihn auf ihre je eigene Weise kritisch gewürdigt.

Die Erzählungen in diesem Band stammen aus zwei sehr unterschiedlichen Schaffensperioden Maupassants. Die Geschichte des Doktor Héraclius Gloss ist eine übermütige Burleske mit ernsten Untertönen, von dem fünfundzwanzigjährigen angehenden Literaten zum Vergnügen oder zum Ausprobieren seiner Fertigkeiten verfasst; sonderlich ernst nahm er sie wohl nicht, sie fand sich in seinem Nachlass. In Form und Ton orientiert sie sich am satirischen Stil Voltaires und Balzacs und an dem Flaubert von *Bouvard et Pécuchet*; aber das wiederholt durchgespielte Motiv des Doppelgängers und das der Wahnvorstellungen, die im Kopf des allzu wissenschaftsgläubigen Doktors die Herrschaft übernehmen, verweist bereits auf die Themen, die den Verfasser in späterer Zeit obsessiv beschäftigen und ihn einen essayistischen Prosastil entwickeln lassen werden.

Aus den letzten Lebensjahren und der letzten Schaffensperiode Maupassants stammen vier weitere Erzählungen dieses Bandes, die ausgewählt wurden, weil sie einem deutschsprachigen Leserkreis weniger bekannt sein dürften als seine wohl berühmteste unheimliche Geschichte *Le Horla* aus dem Jahr 1887. Thematisch und stilistisch gehören sie ebenfalls zu den Höhepunkten im Schreiben des späten, düsteren Maupassant. Die letzte, *La Nuit*, ist ob ihrer halluzinatorischen Qualität zu Recht einer seiner bekanntesten Texte; Übersetzungen dieser kurzen Phantasie gibt es zahlreiche. Sie findet sich in diesem Band als angemessene Abrundung der Schreckensphantasien, die Maupassant quälten und gleichzeitig Anlass zu einigen seiner schönsten und poetischsten Schriften waren.

Textgrundlage dieser Ausgabe sind die zwei Bände der *Contes et nouvelles*, erschienen in der Reihe Bibliothèque de la Pléiade, herausgegeben, annotiert und kommentiert von Louis Forestier (Paris, 1974 und 1979).

Doktor Gloss und die Seelenwanderung

Erstveröffentlichung in der *Revue de Paris* am 15. November und am 1. Dezember 1921. – Louis Forestier hat als Textgrundlage für die Pléiade-Ausgabe nicht die Erstveröffentlichung oder die erste Gesamtausgabe von Maupassants Werken (Librairie de France, 1934–1938) gewählt, in der diese Erzählung firmiert, sondern die Ausgabe der *Contes et nouvelles* von 1957; der darin präsentierte Text weicht deutlich von dem des Zeitschriftenabdrucks und der auf ihm basierenden Ausgabe der Librairie de France ab. Laut Auskunft der Schwiegertochter des Neffen Maupassants, in dessen Besitz sich das Manuskript befand, wurde es den Herausgebern der *Contes et nouvelles* überlassen; seitdem gilt es als verschollen. Louis Forestier vermutet, dass der von ihnen seinerzeit publizierte Text der des Manuskripts sein könnte, und hat sich deshalb für ihn entschieden. Als Entstehungszeitraum kann man die letzten Monate des Jahres 1875 annehmen, wie Briefe Maupassants an seine Mutter nahelegen. – Vor- und Nachname des Doktor Gloss sind mit Bedacht gewählt: Herakleides hieß ein platonisch-pythagoreischer Philosoph des 4. vorchristlichen Jahrhunderts, der mit seinem pompösen Kleidungsstil und seinem gewichtigen Auftreten viel Spott auf sich zog; seine Lehre ist ein Gemisch aus vernünftigen Erkenntnissen und abstrusen Phantastereien, und zitiert wurde er später lediglich als Kuriosum; das griechisch-lateinische Mischwort, das die Zunge bezeichnet, verrät als Nachname des gelehrten Doktors, welche Leidenschaft ihn beseelt. Das Horaz-Zitat, das ein braver Bürger als Lobrede auf den Doktor auffasst, lautet korrekt: *Parturient montes, nascetur ridiculus mus* (die Berge werden kreißen und eine lächerliche Maus gebären). Auch der Trödler und Flickschuster Nicolas Bricolet hat einen sprechenden Namen: Heimwerker, Herumbastler. Corneilles Vers aus dem Stück *Polyeucte* lautet korrekt: *«Je vois, je sais, je crois, je suis déabusée.»* Die Wachteln, auf deren künftigen Verzehr Doktor Gloss heldenhaft verzichtet, sind im Französischen unter der Bezeichnung *caillette* das Synonym für ein hübsches, frivoles und mutwilliges junges Ding; die deutsche «Spinatwachtel» bezeichnet auch ein Frauenzimmer, aber kein begehrenswertes. Wenn Dagobert Félorme seinem Widersacher unter die Nase reibt, er habe das Manuskript, um dessen Urheberschaft die beiden streiten, in sieben Sprachen verfasst, obwohl er zuvor nur sechs aufgezählt hatte, ist das ein Indiz seiner geistigen Verwirrung. Eine interessante Parallele – oder vielleicht Inspirationsquelle – zur Geschichte des größenwahnsinnigen Doktors, der sich die Autorschaft an einem gefundenen Manuskript zuschreibt, bildet das, was Maupassants väterlicher Freund Iwan Turgenjew ihm möglicherweise über den gemutmaßten Verfolgungswahn des russischen Autors Iwan Gontscharow kolportiert hat. In der *Neuen Zürcher Zeitung* vom 16. Juni 2012 schreibt Ulrich M. Schmid: «Ende 1875 verfasste Gontscharow ein interessantes Manuskript mit dem Titel *Eine ungewöhnliche Geschichte*. In diesem obsessiven Text voller Wiederholungen und galliger Invektiven beklagte sich Gontscharow, während privater Lesungen aus der *Schlucht* habe Turgenjew wichtige Motive und Handlungsstränge entwendet und dann in seine eigenen Romane *Das Adelsnest* und *Am Vorabend* eingefügt. Gontscharows Verschwörungstheorie gipfelte im Vorwurf, Turgenjew habe nicht nur selber geistigen Diebstahl betrieben, sondern auch entscheidende künstlerische Einfälle Gontscharows an Gustave Flaubert und Berthold Auerbach weitergegeben, die daraus ihre Romane *Madame Bovary, L'Éducation sentimentale* und *Das Landhaus am Rhein* verfertigt hätten.»

Wahnsinnig?

Erstveröffentlichung in *Gil Blas* am 23. August 1882 unter dem Pseudonym Maufrigneuse. – Louis Forestiers Textgrundlage ist der Text der letzten vom Autor korrigierten Ausgabe des Erzählungsbands *Mademoiselle Fifi* aus dem Jahr 1893.

Ein Wahnsinniger

Erstveröffentlichung in *Le Gaulois* am 2. September 1885. Nachdruck in dem Band *Monsieur Parent* 1886, den Louis Forestier als Textgrundlage benutzt mit dem Hinweis, die Fassung des *Gaulois* sei unzumutbar fehlerbehaftet.

Brief eines Wahnsinnigen

Erstveröffentlichung in *Gil Blas* am 17. Februar 1885 unter dem Pseudonym Maufrigneuse. – Dieser Text ist in vielerlei Hinsicht eine Vorform, eine Vorstudie zu dem zwei Jahre später verfassten *Horla* (wörtlich «dort draußen» oder «weit draußen»), beeindruckender vielleicht noch als die längere Erzählung in seiner komprimierten Wucht. Das Montesquieu-Zitat entstammt dessen *Essai sur le goût*; Maupassant hat allerdings das Wort *éloquence* durch *intelligence* ersetzt – bei Montesquieu hieße es also sinngemäß: «Ein Organ mehr oder weniger in unserem Organismus hätte uns mit einer anderen Beredsamkeit versehen.»

Die Nacht
Albtraum

Erstveröffentlichung in *Gil Blas* am 14. Juni 1887. Nachdruck in dem Band *Clair de Lune* 1888, den Louis Forestier als Textgrundlage benutzt. – *La Nuit* und das frühere albtraumhafte Stimmungsbild *Sur l'eau* von 1881 sind zwei der beeindruckendsten Texte Maupassants, die seine Exegeten immer wieder zu Höchstleistungen angespornt haben. Diese Erkundung der Nacht, die sich über Paris senkt, ist eine indirekte Hommage an Gérard de Nervals *Aurélia*, den unerreichten Versuch, als Wahnsinniger hellsichtig über den Wahnsinn zu schreiben, und sie ist Maupassants Reverenz vor Charles Baudelaire und E. A. Poe.

«Ich möchte Sie nochmals mit allem Nachdruck auf Maupassant hinweisen. Die unerhörte Erzählung la nuit, un cauchemar bietet durchaus das dialektische Seitenstück zu Poes *Mann der Menge* und hungert nach Ihrer Interpretation», schrieb Adorno im Juni 1935 an Benjamin. Poes Erzählung «The Man of the Crowd» ist Maupassants Text sehr ähnlich, und einzelne Formulierungen Poes klingen, als hätten sie sich in Maupassants Gedächtnis eingegraben: «Als die Nacht voranschritt, wuchs mein Interesse an dem Schauspiel [vor meinen Augen ...] doch die Strahlen der Gaslaternen, schwach zuerst in ihrem Kampf mit dem schwindenden Tageslicht, hatten nun zuletzt die Oberherrschaft erlangt und warfen auf alles einen launenhaften und grellen Schein. Alles war dunkel und dennoch prachtvoll – wie jenes Ebenholz, das man mit Tertullians Stil verglichen hat.»